永久的托词

〔日〕西川美和 著
连子心 译

北京出版集团公司
北京十月文艺出版社

新经典文化股份有限公司
www.readinglife.com
出　品

永久的托词

我

我大学时交往的女朋友每次在做爱到达高潮前总是会说“停下”，不是鼓励我继续的意思，而是让我真的停下来，她会主动抽离。

但她又说，其实根本没打算拒绝我。她躺在我身边，尖下巴抵在我不算厚实的胸膛上，一只手握住我仍然坚挺的那里，长篇大论地给我讲起了这样做的理由。

“我小学三年级的时候，举办了一次盛大的生日聚会，我妈妈十分大方地请大家吃饭、唱歌、吃蛋糕。收完礼物后，我们玩起了挤气球大赛。”

“挤气球大赛？”

“就是把吹好的气球放在椅子上，坐上去把气球挤破，再赶紧跑到下一个人那里的那种接力赛，气球不破就不能交接给下一个人。你不知道吗？”

“我知道，只是没有玩过。你们是在家里玩的吗？在生日聚会上？”

“是啊。”

“真棒。”

“哦，其实你不这么认为吧？”

“没有啊。你们一定玩得很热闹吧？”

“嗯，很热闹。但其实平时我并不是那种在人群中心的类型，只有那一天自始至终自己是主角。我把关系不错的女生和不讨厌的男生叫到家里，好好玩了一场，简直热闹得不得了。”

“嗯。”

“我们分成两个队比赛，我们队最后一棒当然是我，另一队的最后一棒是我最好的朋友珠美。比赛很激烈，现在想想有点玩过头了。抢来抢去，追来追去，最后气都喘不上来的两个人进入决胜阶段。但是我们不管怎么坐，气球就是破不了。后来连自己都觉得好笑，笑得肚子完全用不上力气，之前吃的东西都快要吐出来了。但是不能输，因为是我的生日嘛。在朋友们的加油声中，满头大汗的我按住痉挛的肚子，拼尽全力大喊一声，用力往气球上一坐，然后——”

“怎么样？”

“气球破了。”

“干得不错嘛。”

“还有，隔壁家着火了。”

“什么？”

据她说，当她正和珠美在气球上用力的时候，隔壁准备晚饭的主妇炸虾的油锅着火了。气球被坐破的瞬间，她的妈妈听到隔壁的骚乱，尖声大喊让他们快跑，最后所有人都安全地跑到了外面，邻居家的大火也差不多熄灭了，生日聚会当即解散。大家拼了命为之努力的挤气球大赛，最后没有欢喜的赢家，也没有失望的输家，就那样无疾而终。为什么！为什么偏偏是今天，为什么是今天啊！她暗自咒骂隔壁主妇的疏忽大意，而直到她有了性经验，准确地说是她体验到高潮后才意识到，那件事深深影响了她的人生。从那之后，每次快到高潮的时候，生日聚会上母亲端出来的爆米花的味道就会莫名地弥漫在她的鼻腔，无法述说的不安笼罩着她，以至于以后每一次在高潮来临之前，不管对方是谁，她都会说出那一句“停下”。

“刚才也闻到了爆米花的味道？”

“嗯，闻到了。”

“我可一点都没闻到。”

“不闻也罢，反正是悲伤的气味。”

满是她一个人背负了全世界的不幸的腔调。

“我感觉如果继续下去，某个地方就会发生无法预料的不好的事，我受不了。情绪高涨起来后就不受自己控制，心情大好紧接着就会失去自我，所以我很害怕，不敢再向前一步，无论多么想。我就是自制力的奴隶。”说到最后，她自哀自怜地扑簌簌流下了眼泪。

我无法理解这番借口。每次我们上过床后，不管筋疲力尽还是意犹未尽，她都一定会讲一遍，就像重复某种仪式一般。有时候讲述的时间甚至比做爱的时间还要长很多，就像老奶奶讲故事，每次都会有不同于之前的情节，或者增添一些细节。比如邻居家的主妇当时炸的是蔬菜肉饼还是鸡块，全凭她讲述时的心情而定。年轻的我则完全无法满足于她的故事，或许我应该跟她讲讲成功体验的重要性。“带着这份恐惧感一起到达高潮，只要确认周围环境安全，就会与爆米花的味道告别了。”“你不是一个人，有我陪着你呢。”当时的我如果能这样说就好了，但是我没有自信说出这些话，因为我一直怀疑她不停重复这个漫长又漫长的借口，或许是为了掩饰对我这个男人的厌倦。过了半年，不知是谁提出的分手，总之终于到了她离开我的那一天。她背对着我，收拾着放在我家里的寥寥几条内裤和化妆用具。我问她是不是因为做爱的动作和坐在气球上的感觉很像，她才会有那样的反应。她头也没回地答道“和那个没有关系”。

我已经忘记这件事很久了。她现在快要高潮的时候还会压抑自己吗？现在想起来即便那算得上一种不幸，她上了枷锁的人生其实并未遇到最不幸的事，即在最坏的时候发生最坏的事。她多次和我说起，但我什么都没有问。从那之后，也一直是只要心情好就无拘无束地将气球坐破，不管其他。如果那时候我将她的话视作箴言认真对待会怎样呢？还是说那番说辞只是在婉转地回应我糟糕的床技？如果她现在还是我的朋友，我一定要告诉她，你是对的。可惜，我连她的长相都忘得一干二净了。

衣笠幸夫怨恨他的父亲。

他出生的时候正值广岛东洋鲤鱼队[①]的球员衣笠祥雄[②]成为首发球员前夕。虽然父亲衣笠忠郎再三强调，幸夫出生的时候他还不知道衣笠祥雄这个人，而且做梦也没想到与自己孩子姓名读音相同的人在日后会创下职棒比赛连续出场次数世界新纪录，完成了一项伟业，还获得了国民荣誉奖。可是衣笠幸夫无论如何也不接受这种说法。

二十世纪七十年代中期，正值衣笠幸夫要上小学之际，

① 日本职业棒球中央联盟的球队之一，球员头戴红色棒球帽，球迷通常称其为“红色头盔军团”。

② 日本职业棒球球员，创下 1970 年至 1987 年间连续出场 2215 次的世界纪录，人称“衣笠铁人”。在日语中“祥雄”与“幸夫”的发音相同。

中央联盟中的红色头盔军团呈现出了破竹之势，迎来球队史上的黄金期。身为强打者的衣笠祥雄凭借其鲜明的个人特征已经到了家喻户晓的地步。

每当被老师喊到全名时，班里的同学都会一齐扭头看向幸夫，仿佛专门要看他发窘。就连在医院候诊或毕业典礼这种都是成年人的场合，只要听到幸夫的名字，人们还是会竖起耳朵，用目光搜寻即将站起来的人，最后还会憋不住笑出声来。

青春期的幸夫对自己的名字更加敏感，满腹牢骚，他的父亲却随随便便几句话就打发了他："衣笠祥雄可是非常优秀的运动员，这世上还有人和没什么名气的二流、三流笨蛋球员名字一样呢，和他们比起来你已经很幸运了。"

"这是什么歪理！"

"本来嘛，名字就应该让人印象深刻。"

"所以我才讨厌自己的名字。"

"傻瓜，等你以后步入社会就知道它的好处了。就连老爸我，在向客户自我介绍时都会提一句和衣笠祥雄同姓，然后客户就会感叹是那个铁人啊，还让我加油。这种对话会让气氛变得融洽起来。"

"什么嘛！明明你自己都经常找借口不去公司。而且你又不叫幸夫，怎么会懂我的心情？"

"混账东西！怎么和我说话呢？"

如果父亲索性表示是鲤鱼队的忠实球迷，而且是衣笠祥雄的头号粉丝，希望儿子能像衣笠祥雄一样坚韧不拔、不断努力，因此才给他取了这个名字，幸夫或许还能接受。

幸夫发誓决不打棒球，他害怕在成为真正的自己之前，被当作祥雄看待。只要和名人有一样的名字，人们就会没来由地期待这个人和名人具有同样的才能。幸夫认为对抗这种期待的唯一方法就是不拿起球棒。本来他对自己的体力就没有什么信心，同时也害怕一旦挥出一棒，不管好坏，人们都会同祥雄做比较而忽略他本人。

而且讽刺的是，少年时代的幸夫遗传了母亲雪白光滑的皮肤、淡淡的发色和细长的眼睛，就像少女们喜欢的恋爱漫画中的男主人公。这种文弱的气质和衣笠铁人浑身散发出的野性魅力完全不同，反而更加招致人们的嘲笑。

班里还有一个同学的名字很特别，叫伊刈靖①。他名字的发音和肥厚突出的下唇容易让人联想到当红搞笑组合漂流者的队长碇矢长介，因此同学们十分热衷于戏称他为“碇矢”“阿长”。面对嘲笑，伊刈靖却不为所动，渐渐地甚至模仿起碇矢长介的表情和态度来，有时候被取笑时还会回应一声，就像亮出了家传宝剑一般迎来满堂喝彩。伊刈靖其实长得并不是很像碇矢长介，可是这样一来反而像极了，简直一

①在日语中用罗马字标记为 Ikari Yasushi，与下文碇矢长介（Ikariya Chousuke）发音相近。

模一样，惹得同学们捧腹大笑。伊刈的姿态和气量反而将嘲笑者的好奇心转变成亲切感和声望，虽然仍被大家称为“阿长”，但是不知不觉间他的领导力和统筹能力已经开始显现了。

幸夫忌妒伊刈，甚至想干脆就像他那样，做一个让别人开心的角色。然而，只要有一次让别人笑不出来，就再也难以找到让别人发笑的切入点，甚至越是挣扎越是陷入沼泽一般的境地，于是只好每天小心翼翼看着别人的脸色行事，至少不要让对方抱有敌意。究其根源无疑是父亲起的名字，而不是深受女孩子欢迎的白净的脸，想来想去幸夫憎恨起自己的名字来，倒是一点也不厌恶自己的长相。

整个少年时代幸夫都没有对棒球产生过兴趣。大学毕业后幸夫就职于一家公司，有时候在饭店吃饭看到电视上直播棒球比赛，播报员报出已经退役的衣笠祥雄的名字，祥雄稳重的解说声随之传来，每当这时幸夫都会想，如果少年时代能和衣笠祥雄见一面，祥雄一定会鼓励自己打棒球，说出“总之你先打打看吧”这种话。第一次击球、第一次挥棒、第一次跑垒、第一次守卫、第一次失误，所有的一切都会被拿来和祥雄比较，和祥雄的经历碰撞。即使他被人嘲笑，祥雄也会鼓励他继续试试看，慢慢地幸夫会培养出自己独特的打球风格，总有一天大家将不得不承认衣笠祥雄和衣笠幸夫是两个完全不同的球员，然后幸夫就能脱离这个名字，获得自由了。

少年时代没有机会见到衣笠祥雄的幸夫最终选择以写作为生，恐怕是为了弃用自己的名字。他给自己起了一个笔名，叫“津村启”。作家津村启自出道以来，本名一直秘而不宣，就连关系最好的工作搭档也不知道。

一直都知道津村启本名且仍有来往的人，大概只有他的妻子了。他们刚上大学后修过同一门语言课，下半学期的课程她没有参加，据说是退学了，从那以后他们再没见过面。那年她十九岁，复读过两年的幸夫二十一岁。

三年后的初夏时节，上大四的幸夫参加完一家公司的面试后，回家路上突然想修剪一下长得过长的头发，于是走进路边的一家理发店。一个染着茶色头发的年轻女子带他去洗头发的地方，在他脖子上缠了一圈围布，就在那个时候，两个人注意到了彼此。

“衣笠！”她马上喊出了幸夫的姓氏。幸夫故作惊讶状，虽为这偶然相遇欢呼欣喜，但其实对面前这个女子究竟是谁、叫什么名字全无印象，十分尴尬。

她说自己从大学退学后读了一年美发学校，然后考取了资格证。

“是你自己决定的吗？”

“不然还有谁呢？”

仰躺在洗头床上的幸夫脸上盖着一块毛巾，她说话时的温热气息传递到了毛巾上面。

“我一直很向往这个职业，小时候就非常喜欢在别人的脑袋上捣乱。我爸爸去世之后，我请了一段时间的假没去学校上课，就是在那段时间里决定的。”

听到这里幸夫才终于想起来，她从大学退学是因为父亲生病去世。

“挺好的，有一技之长。”

“你不也有一技之长吗？你不是写小说的吗？”

“嗯？我和你说过吗？”

“你不是给我看过嘛。看来你什么都不记得了啊，连同我的名字一起。”

“喂！等等！”

“先别起来，我马上要给你冲水了。”

“不是的，你搞错人了，才没有那回事。”

“别说话了，我刚来这家店没多久。”

“你说的人不是我，因为我还没写呢。”

“我想也是。”

比幸夫先步入社会的她已经出落得十分成熟了。幸夫倒是不讨厌她像现在这样占上风，不仅如此，还觉得她指腹的触感简直太棒了，比此前任何一个理发师和那些主动献身共浴并为自己洗头发的女子给自己带来的感觉都舒服。只让这双手为自己洗头发未免太可惜了，于是剪发过程中，幸夫突然向她的上司提出要烫发。烫发使得头发变得卷曲，可能会影响第二天的面试，但是为洗掉烫发药水再次洗头时，他非但没有对她指腹的触感感到厌烦，反而舒服得仿佛脑髓都要融化了。幸夫真切地感受到了把喜欢得不得了的事情当作工作的意义。

幸夫终究没有想起她的名字。被送到门口的时候，幸夫道歉并询问她的名字。“我叫夏子，田中夏子。”她笑着说道，但瞳孔里透出的一丝失望没有逃过幸夫的眼睛。喂喂，什么嘛！就因为这个？衣笠幸夫感觉心头一痒，鸡皮疙瘩都起来了，那个瞬间他沦陷了。

幸夫对夏子的表情有自以为是的判断，不过应该没有人会因为自己的名字被遗忘而高兴。夏子是心气很高的女孩子，上大学的时候，幸夫稍微打理一下，班上的女生就会成群结队地围过去，而夏子却同他保持距离，大概认为远远地关注更好。幸夫想当一名小说家的愿望被很多人传来传去，估计她也听到了。或许夏子只想问问这个身穿带有汗渍的正装的男人，大学新生的豪言壮语和那热腾腾的青春期的理想在过了三年后会变成什么样？夏子退学后偶尔联系过几个朋友，许久不见，他们个个面无血色，这让夏子不由得觉得，所谓的大学，就是用四年时间舍弃天真的雄心、学习向黑暗妥协、变得现实的地方。衣笠幸夫说的“还没写”在夏子听来既好笑又意外。“还没”的意思是“总有一天”会做吗，还是永远都“还没”呢?

二十八岁的夏天，幸夫向工作了四年的出版社提交辞呈，并断了其他退路。四年来，他一直负责一本周刊的美女写真页，会认真地在会议上提议选用谁在什么场景下穿什么衣服会显得性感、出人意料、有创意。他四处寻找合适的旅馆、学校、游乐园和国家重点文物保护单位，以便于年轻女子穿着半透明的内裤或者一丝不挂地拍摄。他花公司的钱在各地匆匆吞下美食和美酒，因为忘记把太阳伞带回来而在女子面前被上司辱骂，然后又以同样的理由用更不堪的话辱骂下属。刚入职时他提出希望担任文艺编辑，但愿望一直都没有实现。工作第四年的某一天，拍摄结束后他去模特的休息室收拾，看到榻榻米上有一条像柑橘网兜的红色内裤。他捡起来拿在手里闻了闻，没有柑橘的气味。幸夫仅仅是想吃柑橘了，他心想这可真是糟糕。

那之后不久，在京都寺院里给穿着开襟长襦袢的女子拍完写真回到家后，幸夫接到分管文艺杂志的前辈打来的电话，说他正在招待一位幸夫从中学时就非常崇拜的作家，叫幸夫也过去。在一间有中庭的茶室里，作家就二十几年前自己获得一项文学奖时没得到当时一个小说界泰斗点评一事，滔滔不绝地讲了五十分钟，称其是“因为时代的错误而磨平了感性认识的权威主义顽固分子”，同席的编辑们则趁作家为数不多的喝水间歇，像合唱团成员一样齐声批判小说界泰斗。这个话题结束后，他又讲到几年前自己的小说被改编成电影，出演女主角的演员说服了编剧和导演，把“老子的台词”改得面目全非，还增加了即兴表演的部分。他甚至还提到了那个演员的私生活和严重的口臭。幸夫正襟危坐，默默听着，在终于没有话题可聊的时候突然被作家问道：“听说你负责美女写真页？”于是幸夫开始解释被迫负责美女写真页的过程，还透露了一个模特的脾气。当幸夫试图用高雅的言辞去描述生殖器时，被问到模特是谁，他无法透露，仍被作家穷追不舍。几个回合之后，幸夫站了起来，可是因长时间跪坐而发麻的腿却不听话，他整个人撞到了隔扇上，跌跌撞撞地走出房间，在面向中庭的外廊里蹲下，把当天吃的东西喝的酒全都吐到了面前的池子里。水面上漂浮着几片深粉色杜鹃花的花瓣，池底一群红色和白色的大鲤鱼将头伸出水面，哗哗地摆动着光滑的身躯，挤在花瓣中间，大张着嘴，争先恐后地吃掉了幸夫的呕吐物——咖喱饭、抹茶冰淇淋、天妇罗，还有京都小菜、焯烫海鳗和鲤鱼酱汤。

“哈哈，你们啊，同伴的肉好吃吗？你们这群野蛮的家伙！”

公司配备的手机在裤子口袋里响个不停，屏幕上显示的是邀请自己前来的前辈的电话号码。幸夫看着面前的一条金色鲤鱼，把响个不停的手机径直扔了出去。去死吧，你们都去死吧！电话没有打中鲤鱼，而是向完全相反的方向飞去，撞到水池边缘的石头上，然后沉入了幽暗的水底。幸夫心想，果然还是应该尝试一下打棒球啊。转念一想，又觉得要是写作，现在就是最好的时候。“总有一天”，来了。

“我支持你，不然你还没开始写作就想放弃了。”

幸夫断了其他退路，全因为有妻子衣笠夏子这样一个后盾。夏子为了将来某一天能开一家自己的理发店已经开始攒钱了。“这一局要赌好几年，不过别担心。”她的话让人安心。夏子是唯一对幸夫深藏的才能寄予期望的人。幸夫心想，就是她了，没错。比起美女模特的丰满胸脯，夏子那乳头离得有点远的干瘪胸部更好。幸夫听说通常在婚前谈恋爱阶段，男女间的爱意就会燃尽，但他一直认为，和夏子深厚的缘分不是那么粗浅的东西，随着时间的流逝，彼此间的理解和尊敬会加深，如同瓮中水满，两个人之间的爱意也会增加。

妻子

以为能持续一辈子的东西，暗中已经发生了变化，不知变的是肩宽、衣长呢，还是面料质地。今年初春之前我还没有这种感觉。要是穿这件外套去旅游,会毁了好好的旅行。“这件外套绝对没有问题。”卖这件外套给我的商场女售货员现在在哪里做着什么呢？女人就是这样，一生都在被人骗。

站在试衣镜前想来想去，我觉得袖子肯定穿不进去了，但又想或许并非如此，于是还是试着穿了一下，可是外套内侧的某个地方就像夜路上的石子，又硬又冷，无论如何也无法拯救了。我不想把它扔掉，也不想再穿上。我很喜欢这件外套毛茸茸的触感，第一次在店里触摸到它的时候就喜欢上了。我不知道那是什么毛，弯曲的毛每次触碰到脖子和脸颊的时候，我对它的喜爱之情都会增加。那感觉究竟像什么呢？可能是琴江养的小狗霍普吧。

每次抚摩霍普，我就会想起大友，因为贵宾犬霍普柔软的小卷毛和大友的头发触感非常像。我没想过再见大友，但是每次琴江把霍普带到店里的时候，我总是莫名其妙地想去摸摸看。如果我没有遇见幸夫，大概会嫁给大友吧。跟大友结婚后，会有什么好事发生吗？应该没有吧。一直摸着他那像霍普的卷毛般手感不错的头发？太傻了。

"在这世界上我最适合你。毫无疑问，我们很合适。"这是幸夫热烈的求爱之词，那时候我确实深以为然。但同时这句话又十分虚幻。我和大友完全没有任何合拍的地方，我们交往两年，他一次也没有对我说过这样的话。这不是大友的错。不轻易说出不确定的事和主观臆测是大友的优点，是我喜欢他的地方。就像干燥的沙漠一样，一句谎言也没有，被太阳一晒就会变热，太阳下山后就会像冰一样冷。除了谎言，也没有一丁点的温柔。

"女人认为的温柔，其实都是谎言。"大友这样说过。对温柔抱着这种认知的大友很可悲，但我觉得他的话没错。温柔的成分中百分之九十都是谎言。幸夫撒谎，那正是我喜欢的地方。他甚至都意识不到自己在撒谎，满口都是不确定的、毫无根据的话。当时是认真的，但是日后回想起来，净是些老调重弹又让人脸红的谎言。从这个意义上来说，他天生不切实际，无法不撒谎。

有一天，我在家休息，没有上班，幸夫和我一起吃晚饭。看着电视里的拳击比赛第九回合的转播，他兴奋了一阵子后靠在我肩上就快要睡着了。“今天不是交稿的日子吗？”我拍了拍他的屁股问道。他说：“我写作有我自己的时间表，而不是你让我写我就要去写。”说完悻悻地去了书房，之后每十五分钟出来喝一次可乐，要么让我给他拿指甲刀，要么在厕所用刷子洗马桶，要么问借给我听的CD放哪儿了。他用能想到的一切事情来分散我的注意力，我都怀疑他到底有没有在桌子前坐下来过。两个半小时后，他又来到客厅，打开一袋薯条，看起了《TAMORI俱乐部》。

睡觉前，他把写好的短篇小说草稿给我看。主人公“我”是一个摄影师，小时候用爸爸的照相机拍到过一个流浪女子的照片，后来与她在街上再次相遇。故事一气呵成，字里行间充满了紧张的节奏和情节，用词讲究，直抵人的内心深处。这真的是一边玩弄手上的倒刺一边写成的吗？眼睛里流出的泪水被围在脖子上的毛巾吸收了，我拼命憋着不让他听到我抽泣的声音。他则在旁边张着嘴巴出神地翻看不良漫画。

回想起来，这已经是很久之前的事了。

后来，幸夫渐渐不再把写好的东西给我看了。我并没有贬低过他的作品，不过作为一个在他身边长年累月阅读作品的读者，我是挑剔的。当然我一直都在支持他。虽然他写了很多，年纪也长了很多，我仍希望他的作品能始终具有魅力，不让眼尖的编辑和读者找到瑕疵。正因如此，我认为只有我能够发现并且指出那些故弄玄虚的措辞、他很喜欢但千篇一律的表达、过于将自身性格投射在书中人物上等问题。我经常指出他作品中的这些问题。当然也有很多只有我才能发现的优点，但是那些都被我当成了理所应当的东西，没有花时间表扬他和慰劳他。我这么做或许对他很残忍。我不是一个好的读者，可能也不是一个好的家人吧。忍耐着不让他听到我抽泣的声音，现在想来真是要强。

但是，不知从什么时候开始，他不再给我看他的作品这件事竟让我感到轻松。从每天生活在一起的人的角度来看，他写的作品和他本人之间一定是有隔阂的，有时候我会很难接受。连洗衣机的洗衣液槽都会弄错，却高高在上地描写女人。每天睡到中午，偶尔出门的时候，不管是在横滨还是镰仓，都会心安理得地坐出版社的专车回家，这样的家伙竟然写上班的人如何辛劳……虽然我也知道作者写出的作品不一定要与本人的想法、志向、爱好一致，但总是会混淆。那个家伙真的做了那种事吗？他真的这样认为吗？他了解这个女人吗？就算事实果真如此，写作者脱离自身写东西给外人看并出售，其家人唯一的任务本该是对这种蛮横的行为保持沉默并给予理解，并任由他继续这样做，然而我却做不到，于是渐渐地陷入了寻找虚构创作与现实白描的分界线这一行为中。我不害怕被暴露，而是无法对那些一半真实一半对懦弱加以粉饰并自我肯定的描写置之不理。一般的读者觉得写得好的地方，在我看来却是一种逃避。在故事结束的时候主人公完成了个人人生中的成长，并找到了新旅程的入口，看到这里我非但不会感觉得到救赎，反而会嗤之以鼻。人生是那么简单的吗？你自己成长了吗？你找到新的突破口了吗？全都是骗人的。反正写的净是些谎言，这不就是在骗人吗？我不知不觉地就变成了他作品最大的敌人。

然而另一方面，他越成功，我对自己的事业就越有信心。不，应该说是我越来越相信自己“有信心”。在周围人看来，丈夫的事业发展得那么好，作为妻子自然是过得悠然自得，不是吗？但是我和他不一样。我和幸夫生活在不同的维度。不论是他穿着舒适的衣服坐在被炉边认真打字的时候，还是他的照片印在电车中张贴着的新书广告页面上的时候，我都没有发生任何改变，这是我的本质。我不会轻易相信突然成名就是成功。人的头发，剪掉多少就会变短多少，烫发之后就会变卷。只要我的手动一动，客人回去的时候就一定比来的时候更漂亮。无论下雨还是下长矛，每天早上九点我准时到店里，和琴江、美树、甲斐一起把店里的每个角落打扫得干干净净，站一整天，直至晚上十点，直到筋疲力尽。这才是劳动，这才是生存。我所做的，是脚踏实地的事。

我想，最后我大概还是对他产生了忌妒之情。可能在内心深处我没有真心为取得成功的幸夫感到高兴。每次都想说出“这都是托别人的福”这种小气的话，但都硬生生地又吞了回去。

从出版社辞职后，有一段时间他不断地写作，却什么奖也没有获得，每天的生活只是逗逗猫，给没有发展前景的地方杂志或者旅行杂志写写专栏。偶尔有编辑对他产生兴趣，突然又会被调职到营销岗位，或者出版社倒闭。我们以为诸事不顺是因为走了厄运，于是两个人还特意去了附近的神社祛灾。那时候虽然不安的云霞遮住了未来，但是每一天都不可替代，都闪耀着光芒。幸夫完全在我能掌控的范围内，依赖着我，脖子上虽然没有项圈，但仍像一只离不开我的可爱小狗。我战战兢兢地感受到了自己活着的意义。

不知从什么时候开始，他的作品慢慢进入了大众的视线，连我都知道名字的人开始对他赞不绝口。从那时开始，幸夫的世界突然就宽敞了起来，收入和交往的人数一瞬间超过了我。幸夫不害怕这汹涌而来的波浪，不顾一切地迎了上去。他比我想象中更加要强，更加聪明，也更加能乘风破浪。他不再需要我养家糊口，于是四年前我终于有了自己的理发店，不再紧张地担心未来。放眼幸夫的四周，净是相信他有能力的人、对他的未来投下赌注的人和帮他巧妙周旋的人。我没有如释重负，反而丢失了自己活着的意义。

请写出kon nyaku的汉字！快来看，kon nyaku，这是一道难题。文坛约翰尼·德普双手抱头，不知所措，津村启，怎么样呢？快看！他动笔了！津村先生动笔了！还剩五秒，四、三、二，请看——

噗——

哈哈，写错了。

我笑了。电视液晶屏幕里的幸夫摘下眼镜，脸朝下趴在那里。kon nyaku的nyaku的汉字倒是写出来了，只是kon一字，草字头下面几乎是空白。同台的其他明星一起为他鼓劲："别在意，别在意。"他抬起头，看到正确答案之后不甘心地歪着脑袋，用手指比画了几遍kon的汉字。我又笑了。竟然不会写"蒟蒻"，什么嘛！

已经八点半多了。夜行公交十一点出发，我和小雪约好十点半在新宿站见面。

高中毕业以后，每年我们两人都会去旅行。在小雪再婚后生子育儿时中断过一阵时间，前年她的小女儿小灯两岁半的时候，我们两个人又重新踏上旅途。然而听说没有妈妈的夜晚，爸爸阳一怎么哄劝都没用，最后和小灯一起哭了起来。因此去年我们选择了当天往返的伊豆之旅，白天抓紧时间在海边烧烤、泡温泉、游览仙人掌公园。听说小雪晚上回到家后，女儿小灯平静地问她怎么没在外边住。小孩子真厉害啊，总会一点点慢慢长大。

今年小雪下定决心要去远途滑雪旅行。上次去滑雪还是在她的儿子真平四岁半左右的时候。那次滑雪之行，小雪在滑雪场摔伤了，我们两个人一直在住处躺着。恰好那家旅馆里有一位韩国整形外科医生，亲切的他令小雪迷上了“韩流”。如今我和小雪的身体比那个时候僵硬了不少。“这次你们俩可别再摔伤腿了啊。”阳一好像还警告了小雪一番，不过在平安无事的旅途中，我们都忘了上次那件事。

我又一次穿上这件毛茸茸的外套站在镜子前。去年和小雪在伊豆的恋人岬并排站着拍摄的照片里面我就穿着它，前年的箱根之行也是，在芦湖边我也穿着它，好像之前的滑雪旅行也是。我还以为刚买了不久，原来过去以比我想象中还要快的速度向着更远的地方逝去了，去了一个无法触及的遥远彼岸。

上周，我读美容学校时的旧友发来一封电子邮件，说收到了大友工作的理发店寄去的明信片。

明信片上面写着：发型师大友辰彦因身体不适辞职。

这件事我也不太清楚。我不知道他有没有通知你，姑且告诉你一声。

我感觉胃被一股力量慢慢地握紧。因身体不适而辞职，这是怎么回事？是身体不适，还是心情不好？一定是在撒谎。大友不是会让事情发展到那一步的那种人。我认识的大友，二十多年来一直积极乐观地活着。我对现在的大友一无所知，或许我辜负他这件事仍在影响着他？大友一定会对我这一想法一笑了之。异性之间的交往通常是这样的，就算感情再深，也是始于他人，终于他人。我说大友，如果我去看望你，你会稍微好一些吗？不会吧。我和大友之间的事自从分手后就已经蒸发不见，从世界上消失了。曾经那么迷恋，如同身体一部分的那个人就那样悄无声息地在世界的某个角落衰败。就算他也在这两千平方公里的东京，我也完全感知不到他的存在；就算得知他正在走向毁灭，我也没有一滴眼泪落下。我没有落泪的资格。过去已经坠入伸手不见五指的幽深黑暗中，我再也无法抓住它。

什么是真实，什么是谎言？连未来都不能保证，还是真实吗？只要我们还一起在这个家里生活，那所有人都必须承认幸夫和我之间的东西就是真实，会一直在这个世界上稳定地存续下去。真实的内里往往空空如也。

这件外套也是，等我旅行回来之后就把它处理掉吧。这样想着，我又把脸庞埋进了领口柔软的绒毛里。

这个汉字读什么？这可是超级难的一题，最后一问！文化队能答对逆转，还是会遗憾落败？首发队员津村启，你准备好了吗？

幸夫，我必须走了。

出乎意料的超级难题！津村启能完成对上一轮失败的逆袭吗?!

衣笠幸夫一打开玄关的大门，就听到了一个尖锐的声音在喊自己的笔名。打开走廊的门，只见穿着红色羽绒服的妻子坐在餐桌旁的椅子上。

“哎？你回来了？”幸夫问她。

衣笠夏子慢慢回过头来，瞥了丈夫一眼，什么都没说，起身径直朝电视机里津村启的方向走去。

“什么嘛，这是很早以前录的，而且早就已经播过了。”

夏子背对着他，仍旧没有回答。

看着妻子目不转睛地盯着吵闹的娱乐节目里正在托腮沉思的自己，幸夫感觉很难为情。脸上涂着粉底让她看起来是年轻了不少，但是一仰脖子，光滑的脸和脖子松弛的肌肤之间的差距反而更加明显了，夏子那家伙肯定也注意到了，幸夫心想。

啊，时间过得真快，没时间了。怎么样？拿笔了，拿笔了，文坛的约翰尼·德普——津村启正在奋笔疾书！

当当当。

“鵺”，正确！亮出实力的津村启获得五十分！太棒了！

噗——夏子笑了。

幸夫也跟着笑了出来。“什么嘛！约翰尼·德普这称呼从哪儿来的？”

夏子仍旧没有回答。

津村先生，鵺是什么？

是日本古代传说中的一种动物，类似于龙和麒麟，可以和老虎、猴子等各种动物交配，就像恶灵一般。横沟正史的《恶灵岛》电影有一句宣传语就是“鵺的叫声在夜晚格外恐怖”，你不知道吗？因为是很久以前拍的电影吗？

它的叫声是怎样的？

嗯，什么样的呢，大概就是“嘎……”这种感觉的。

哈哈……

骗人的吧？

哎？怎么叫的，津村先生？

嘎……

哈哈……

“关了吧。”

“为什么？我正看着呢。”

“好了，别看了。太无聊了。”

“没有啊，很有趣啊。”

“你肯定在想学鵺叫真无聊。”

“我没那么想，我才不知道什么鵺。”

“你撒谎。”

“我真的不知道。对了老公，你的头发打算怎么办？”

“什么打算怎么办？”

“不是要剪吗？你不是说后天有个聚会，必须剪头发嘛。”

“等等，你是今天去旅行吗？”

“不剪没关系的话，不剪也行啊。”

“不，要剪。”

“剪的人可是我。说起来你早上才说要剪。”

“你几点出发？”

“三十分钟以后。”

“是不是来不及了？”

“来得及。”

“你想应付了事？”

“算了，你找别人给你剪也行。”

幸夫头上长的旋不正，因此后脑勺就像被闪电劈开一样。二十多年来，除了夏子，没有人能给幸夫剪好头发。他什么时候该烫卷发，什么时候该留直发，应该从哪个角度分头发缝儿，这一切都在夏子的掌控中。在上镜的机会多起来后，幸夫也一定会让夏子打理完头发之后才出门。

然而，不管是坐在家里垫着报纸的圆椅上，还是在理发店被围上围布，幸夫都觉得自己仿佛是等待被处决的罪人一样。这种深深的不道德感到底从何而来？绝不仅仅是因为他忘记了今天的约定。他一动不动地像个和尚一样坐着，正当妻子手中锐利的剪刀落在他的太阳穴旁时，情人突然打来了电话。放在桌子上的手机震动着。妻子的指腹不时触摸到他的头皮，其温度和二十多年前一样温热，令人陶醉。幸夫已经明白，夏子指腹的温热柔软和她实际的心情完全没有关系，毕竟她是一位专业的理发师，即使在家里这一点也丝毫没有改变。两个人之间的关系到底是从什么时候开始变得这样尴尬的呢？不管说到什么，彼此总是带着误会去理解对方的话，不管多么新鲜的消息，听起来都比老生常谈还让人厌烦，这是为什么呢？两人的对话里没有一点关心对方的痕迹。就在三十分钟之前，幸夫面对一对自称是自己粉丝的素未谋面的情侣时，明明还像刚挖掘出的油田一样，话题源源不断。

“傍晚的时候有一个姓有村的人打来了电话。”夏子缓缓说道。

“是谁啊？”

“说是你小学时的朋友，问你能不能出席当地公益团体举办的活动。听说是问了婆婆，才知道了我们家的电话。”

幸夫觉得这是桩麻烦事，有些生母亲的气，而且夏子明知道自己的性格还搅浑水，所以他对夏子也有意见。

“好像是叫有村……太一，他说报了名字你就知道是谁了。不认识吗？”

“认识倒是认识。”

“嗯？”

“可是我们毕业以后就一次也没有见过了。只是小时候一起玩过，之后几十年都没有再见过的人能称为朋友吗？”

“对方还以为你们是朋友吧。”

“你也是的,以后接电话的时候不要再自报姓名了好吗?”

“为什么?反正你有笔名,而且不是还有经纪人吗?”

“不是这个问题。还有,编辑来我们家的时候,不要再叫我幸夫了。”

“哈哈。”

“干吗?笑什么?”

“又不是在外面,在家里嘛,难道我要叫你津村先生,或者启先生?我这样叫你合适吗?多虚情假意啊,再怎么说我也是你的妻子。”

“是我的妻子所以就不能这样叫我?难道说你讨厌做我的陪衬?”

“不是的。正常一点不好吗?别人一眼就能看穿。”

“算了,阁下是讨厌弄虚作假的人。”

“哎,怎么又来这套?”

“无所谓了,反正你从来都不在乎我的面子。”

“喂,我想表达的是,你的面子并不会因为那种事受损。”

“说了这么多你还是不明白吗?”

“不是的。在你的得奖晚宴那种公开场合,我没有拿着话筒那样称呼你吧?”

“到此为止吧,算了,我以后不带那些编辑回来家就是了。”

“喂,你怎么了?”夏子握着剪刀的手停在半空中,她看向二人面前镜子中幸夫的脸。

幸夫抬起头，无法直视妻子投来的目光。“你不用同情我。反正我就是那种无法接受自己本来面貌的人。”

“不要那样说。我很喜欢衣笠这个姓氏，也说过幸夫这个名字很棒。结婚的时候我不是说过吗？因为我的姓氏田中太普通了……”

“别说那时候的话了。”

“……好吧。”

幸夫和夏子的对话都是这样展开这样结束的。话题无法挽回后随之而来的沉默持续了很久，不一会儿幸夫的头发理好了，很帅气。

“好了？”幸夫问。

“完美。”妻子答。

时间马上就到九点半了。

夏子把剪刀收拾好，穿上红色羽绒服，推着装满行李的箱子从幸夫后面走过。报纸上的碎发围在幸夫脚边，就像结界[①]一样隔在他和妻子之间。

妻子关了门，门后传来了妻子打开鞋柜穿鞋子的声音。幸夫依然坐在圆椅上，怔怔地望着客厅电视上的广告画面。问答节目结束了，津村启所在的队伍获胜，但他没有看到那

①为保证僧侣修行而规定其居住、行动的范围。

一幕，而是把手伸向了刚才铃声响起的手机。

走廊里传来夏子穿着鞋子在地板上缓缓走动的声音，啪嗒，啪嗒，啪嗒。她应该是穿上鞋子后又想起了什么重要的事。以前提醒过她好多遍不要穿着鞋在家里的地板上面走，但是这个坏习惯她怎么也改不了。

幸夫拿着手机的右手悄悄地缩回围布里。这时候门突然打开，从门缝里露出夏子的脸。

“抱歉。”

“怎么了？”

“拜托你待会儿收拾一下。”

“我正打算收拾呢。”

门关上了，夏子的脚步声远去，听起来她走出了玄关。

这就是衣笠幸夫和衣笠夏子的道别。

情人

纯，你听我说。

昨天晚上我住在先生家里，是他半夜叫我去的。我说去他家里有点不太好吧，而他说好不容易有机会自己一个人在家。

他的妻子不在家，我那是第一次。什么？第一次？之前因为工作上的关系我和他的编辑们一起去过他家几次，但留宿什么的……嗯，是第一次。上一次是他妻子新年假期回娘家的时候，虽然我在他家住下了，但总是觉得待到早上很危险，就在中途回家了。我也知道那样不好，我也不是感觉不到良心上的谴责的。

当然，我见过他妻子，是个美人哦。她应该也记得我，我们关系不错。他妻子很爽朗，相处起来让人觉得很舒服，我不讨厌她。而且虽然和她见面了，我也没有感到痛苦。她微笑着，好像什么都不知道，对我也很好，看到她那个样子我反而有些痛苦。我真是不敢相信。真是可怜。你可能会说，这话怎么会从我嘴里说出来？你看嘛，先生的书有十年都卖不出去，这十年里她毫无怨言地养着他，最后却被我这个小姑娘抢走了，多可怜啊。先生脑子怕不是坏掉了吧，真是坏到骨头里了。换作我，会杀了他。

但是呢，万一我嫁给了先生，我想我是绝对不会养活他十年的。拼命努力工作，年过四十岁偶尔一次不在家，丈夫却把别的女人领进自己的家门，比起这样，我宁愿身为作家的丈夫没有前途。他妻子的牺牲简直就是自掘坟墓。

很早以前的事了，先生在编辑部被一众人簇拥着一起喝酒的时候，我们当中一个刚来公司不久的员工问他："夫人是一位什么样的人？"不等先生开口，旁边资历深的编辑们纷纷赞叹她是位美人，很聪明很有能力，还十分平易近人。"不，我要听先生亲口说。"那个新人一副打破砂锅问到底的气势。

接着，平时不管说到什么话题都啰啰唆唆的先生那次却只说了一句："嗯，我妻子，是个很厉害的人。"

他只说了这么一句。

当时先生的表情不知所措，十分痛苦，目光阴沉，仿佛想要逃避。

大家那时候都喝酒了，没有人在意先生回答了什么。“很厉害的人”这种说法异常可笑，大家都笑倒了，没有人注意到先生的表情。但是我不同，我感觉到了先生穿透骨髓般的恶意。先生是在侮辱夫人。“很厉害的人”这句简单的话，他是十分冷漠地说出口的。

我知道，先生一直都很痛苦。这些话他不能跟妻子说，自然也不能跟别人说。一个被妻子养了十年的男人，尊严碎了一地，一直低头看着地面，又不能向任何人求救，他一定很痛苦。你一定会说，被养着怎么了？你看吧，你也说这种话，别人也都说这种话，所以先生才痛苦。“我不在乎这种事，我非常心平气和。”先生努力以这种状态示人，但他其实并不擅长表现得无动于衷。很遗憾，这是真的，先生很普通，普通得有点可怜。

人啊，就是笨蛋。不管写给别人看的文章多好，上千读者为之挥泪，那十年的耻辱最终还是以这种形式向他的妻子复了仇。唉，我呢，是他复仇的帮凶，不，应该说我是元凶。我知道，我都知道。

夫人不是为了让他感到耻辱才养活他的，先生应该也没打算复仇，但他确实感到了耻辱。在夫人看来，先生的这种行为毫无疑问就是复仇。我以前想，如果他们两个人都没意识到这一点倒还好，因为一旦意识到，一切就完了。我之前也说过，我从来没有想过去破坏那个家庭。

我上午醒来后走出卧室，洗了脸，打开起居室的电视，开始化妆。对，是在先生家里。厚脸皮，我知道。我知道不好，但还是留在那里了。对了，就在那时家里的电话响了。我不知道卧室里有没有分机，电话铃声响个不停，我朝着卧室的方向大声喊先生。喊了两遍、三遍，然后先生终于磨磨蹭蹭地起来了。就在他要拿起听筒的时候，铃声停了。夫人好像忘了把电话设置成未接听自动转留言了，先生平时自己不接电话。先生咂了咂嘴，按下留言按钮，然后躺到我旁边的沙发上看电视里的美食节目。荧屏上一个艺人正在炒白菜和芋头。先生说他喜欢那档节目，可以对他描写女性在厨房做事的场景有所帮助，但实际上他不过是在逞强罢了。据有孩子的同事说，先生的描述完全是孩子的视角：在捏牛肉饼时投来热情的目光，但是饭后就不再靠近洗碗池了，彻头彻尾的甩手掌柜。美食节目也是这样，每一种调料都按分量称好分开，每一种蔬菜都清洗干净，再收拾好用过后四处乱放的炒锅、煮锅……这些都需要花费很多时间，但是节目里不会播放这些，也没有艺人收拾完厨余垃圾才回家，对吧？用三分钟就能快速翻炒、装盘，而光是剥洋葱就会不知不觉花掉一两分钟。所以我才讨厌做饭，好吃的食物一下子吞下去，快乐的时光就那么一瞬间。啊，不是这样吗？前戏和后戏？原来如此，纯，你真是成熟了啊。

总之我不做饭，也不想看那些自己不会去做的事，于是问先生可不可以看新闻，然后就开始换台。

先生抱怨着还没有看完美食节目，就在这时电视上开始播报新闻。

“此前我们已经从头报道过多次……”播报员开始播报一起事故。电视画面左上角是一张山路护栏被撞坏的照片。山形县的什么村子的一个什么山顶，一辆载有滑雪游客的大巴在下山拐弯时出了事，现在确认有四名被送到医院的游客已经死亡，有二十名游客奋力爬出大巴获救，还有几名游客失踪……

我和先生齐声发出惊呼。

这时画面切换到现场实时情况，从空中拍摄的图像可以看出大巴从陡峭的山路坠落时压折树木的痕迹，然而坠落的大巴却没有踪影。天气很晴朗，悬崖下方的湖面呈现出一种似乎混合了牛奶的蓝色，水面上漂浮着很多穿着橙色衣服的搜救队员划着的船，那一幕呈现出一种奇妙的美感。

据说，事故发生在早上六点钟左右，现场的气温是零下二度，县道路面冻结，堰塞湖水温只有三度左右。

我边化妆边感叹着“天哪”“好惨啊”“很冷吧”“肯定都死了”。

沙发上的先生用冰冷的腿缠绕着我的身体，这时电话铃声又响了。因为已经设置了电话留言，我们没有去接，准备再大战一回合。我那时想电话要是夫人打来的就好了，电话留言响起，扬声器里传来夫人呼喊先生的声音，那样多好。我没有开玩笑，真的不是。不在家时自家的起居室里竟出现了别的女人，我想感受夫人的这种痛苦。如果我能感受到夫人的痛苦，应该能得到一丝救赎吧。我也很可怜啊，已经快三十岁了，但一直和眼前这个人分不开。真傻，真的。

然而，电话不是夫人打来的。

是山形县的警察打来的。扬声器里传出来一个嗓音粗哑的中年男子的声音："有事情想请教您，听到留言后可否给我回电话？"先生听罢，把腿从我的身体上抽了回去。

你能相信吗？唯一的妻子一年才出门旅行一次，丈夫竟然完全不知道她去了哪里、去干什么。真傻，真的。

不是因为那天我留宿先生家才发生这种事的，对吧？不是因为我和先生做了对不起夫人的事，对吧？

然而……

那次我们因为工作去先生家里拜访的时候，夫人好像称呼先生"幸夫"来着。津村启先生的本名居然叫幸夫，衣笠幸夫。天啊！而且还不是鲤鱼队的铁杆球迷。这件事绝对不能说出去，因为大家都不知道。这件事先不说了——

我觉得夫人那样称呼先生没什么不妥，很自然。先生有笔名，但夫人在我们面前不必刻意称呼他"先生"或"津村先生"什么的。我觉得很好啊，因为夫人是一个单纯的人。可是仔细想想，称呼津村先生为"幸夫"的人在这世上有几个呢？编辑大概到死也不会那样称呼先生的，不管和先生关系有多好。我大概也是，到死都不会那样称呼他。或许夫人是故意那样做的？莫非她发现了先生和我的事？啊，纯，你也这么认为？啊，原来是这样，也是啊。

大宫阳一无法抹去心里的不安。

为了掩饰心里的不安，前一天晚上他和两个孩子一起玩电子游戏到十二点多。他从便利店买来平时绝对不喝的啤酒，心想只喝一罐，结果最后喝光了一升半。开第三罐的时候，十一岁的大宫真平问他啤酒什么味，于是阳一让真平尝了一口，结果真平五官扭曲着说苦，四岁的大宫灯则噘着嘴说好喝。“未成年人饮酒是犯法的，因此你们俩本应该被送到监狱，但是在警察面前什么都不能说，就像在妈妈面前不能说爸爸刚喝过酒一样。”阳一说到这儿，兄妹俩嘻嘻笑着问监狱是什么地方，阳一说监狱就是不能玩游戏也没有点心吃的地方，在那儿见不到妈妈，也见不到爸爸，不能上学，也不能去保育院。

监狱里还有戴着帽子、面色发灰的叔叔。每天早上六点半音乐响起大家就要一起起床，脱掉睡衣只留一条内裤，用硬邦邦的干毛巾一下一下地擦洗身体……话题深入之前，兄妹俩趴在被炉上发出了安稳的鼻息声。

阳一很久没喝啤酒了，喝完他感觉肚子胀得厉害，一点睡意都没有。前一天早上，阳一在新潟的林荫道上连续开了九个小时货车，本来应该在傍晚六点之前卸货的，可他的身体就像麻痹了一样。他十分疲倦，不知什么时候手心和脚心出了一层薄薄的汗。阳一唯一的特长是随时随地都能睡着，但是只剩他和孩子们在家里的时候却很不安，辗转难眠。按照妻子的交代，阳一给小灯换上睡觉时穿的纸尿布。兄妹俩只有在这天晚上才能尽享刷牙后一起嚼鱿鱼干的乐趣，每年妻子不在家时阳一就会允许兄妹俩这样做。现在他们两个人都长大了许多，自己也成熟了。不会再失败了，今年不能再让孩子们睡在起居室里的被炉上了。

阳一尚能将小灯轻松抱起，可是真平已经重得让他抱不动了，阳一只好摇晃着熟睡中的真平，喊他的名字。真平就像断了线的木偶一样，睡得很沉，完全不输年幼的妹妹。突然阳一感到一阵不安，于是把真平放回毯子上，耳朵凑到真平胸腔的位置倾听。咚咚咚，一股结实有力的心跳声传递到阳一的鼓膜，他感到自己的心跳声也规律了起来。最后趴在被炉上的父子俩依偎着迎来了清晨。

阳一从车窗向外望去，远处群山的山脊仿佛戴着雪白的帽子。大宫雪（结婚前姓橘）出生在北海道，升高中时由于父亲工作调动，一家人搬到了千叶县。真平听说，妈妈还在北海道的时候，曾是高山滑雪比赛青少组选手，前途一片光明。他看到一张照片上，还是少女的妈妈身穿鲜绿色的滑雪服，自信地把奖牌举在脸旁，表情中有一种说不清道不明的刺眼的落寞。真平体质不弱，但从记事起就没有尝试过任何运动项目。小灯出生前有一次一家三口一起去滑雪场玩，真平从雪橇上摔落，沿着斜坡一路滚了下去，浑身沾满了雪。自那之后，他就再也不想去滑雪场了。因为自己对滑雪的恐惧，妈妈只能和朋友一起去滑雪。

“真平，别哼了。”

“什么？”

“别哼了，你刚才不是在哼歌吗？”

被阳一这样一说，真平马上停下了。妈妈可能都已经不在了，自己却无意识地哼出了昨晚响了一晚上的电子游戏的待机音乐。

嘁啰哩啰——哩——哩啰哩啰——啰——嘁啰哩啰——哩——哩啰哩啰——

其实阳一的脑海里也一直不间断地在响着同样的旋律，

尽管他根本无法承受妻子可能已经不在人世了这件事。

现在不方便接电话，请在嘀声后留言。

是我啊，我看了新闻，好像出了很严重的事故，担心你们，给我回个电话吧。

喊啰哩啰——哩——哩啰哩啰——

我是户泽村温泉旅馆的老板浜口。大宫先生，刚刚确认的消息，在鄙店登记入住的客人里没有叫大宫雪的客人。嗯，对，也没有衣笠夏子。也就是说还没……没错。按理说那辆大巴这时应该已经到了的……

现在正在抢救的游客有二十八名，他们的身份已经全部得到确认，其中没有您的夫人。也就是说您夫人不在这二十八人当中，那个，抢救活动还在进行中。接下来准备打捞大巴。

喊啰哩啰——哩——哩啰哩啰——

阳一，还没有弟妹的消息吗？不管跟我老妈说什么她都一副糊涂样子，今天老妈没有地方去，也动弹不得，所以你先去吧，然后再跟我们联系。万一有什么情况的话，再说。

嘁啰哩啰——哩——哩啰哩啰——

现在不方便接电话，请在嘀声后留言。留言结束后，请按＃号键。

“小雪，是我。跟我联系啊，我很担心你。现在我正带着真平和小灯去找你。有事没事都赶紧给我回个电话。”

嘁啰哩啰——哩——哩啰哩啰——啰——嘁啰哩啰——哩——哩啦哩啰——噗噗、噗噗，噗噗、噗噗，噗噗、噗噗，噗——

在现场被相继发现的两名中年女子的身份仍未得到确认。一个是上午九点在湖底被发现的，另一个是在下午一点半从水里打捞上来的大巴中被发现的。包括两名司机在内，一共三十九人的旅行团中，十一人死亡。已确认身份的有当时正握着方向盘的司机，还有四名被幸存者认出的游客，其余六名游客的身份，相关人员正在对照游客名单和身体特征进行确认。他们两两结伴而行，一组是六十岁上下的夫妇，一组是十九岁女大学生，唯一的一组四十岁左右的女性就是大宫雪和衣笠夏子。

下午两点左右，大宫阳一一家人直接冲到现场，在那之前大宫雪和衣笠夏子已经都被送到医院了，其中一人在上午被确认已没有心跳和呼吸迹象。警方把那人的照片给阳一看，阳一双手掩面，喊着“小夏”，由此可以证实在某市立中央医院死亡的人就是衣笠夏子了。下午刚被发现的另一个女人被送往县内另一家医院，和当时正奔往现场的阳一一家人擦身而过。阳一他们随后离开现场，下午三点多到达了T医科大学附属医院，在那里终于见到了大宫雪的遗体。大部分生还者在大巴坠落的过程中抓住速度放缓的机会，在车身完全浸入水中之前就已经逃出了车外，遇难者则在车身冲向水面之前受到了冲击而导致气绝或者身体被夹住。据医生说，大宫雪死于溺水，但在大巴坠落时头部就受到了剧烈的撞击。雪的头发仍然湿漉漉的，她瘫软的上半身被阳一抱在胸前，无声无息地弄湿了丈夫的袖子和领口。

对警察来说，向突然失去亲人的遗属提问是一项很痛苦的工作，哪怕慎重地选择措辞，也还是会在不经意间触碰到他们的痛点，导致对方突然大哭或者大发脾气，这时候就只能先暂停。在这次事故中，死者衣笠夏子的丈夫衣笠幸夫自始至终都表现得平稳从容。这个偏僻的乡村此前从未发生过这么重大的交通事故，结束了一天紧张的搜寻，对身心俱疲的警察来说，衣笠幸夫表现出的平静难能可贵，但是总让人有一种奇怪的感觉。

衣笠幸夫在接到警察的电话后离开东京，于下午五点多在某市立中央医院的太平间见到了妻子。一个年轻警察和他确认完身份后，他开口的第一句话就是：“人是从湖底抱上来的，还是用绳子什么的拉上来的？”

年轻警察认为，这位孤身前来的丈夫不擅长应对这种突如其来的事故，不会表达自己的感情，但又想了解妻子是怎么死的。于是，他将衣笠夏子从湖底被救出的整个过程都告诉了衣笠幸夫，并且留意着没有掺杂任何多余的情绪。衣笠幸夫平静地侧耳倾听，还叙述了“在影视剧中都没有看过这种情节”的感想。衣笠幸夫精致的面庞如同演员一般，他偶尔用右手扶着下巴缓缓点头，看起来比年轻警察更像一个经验丰富的办案人员，其他遗属表露出的情感在他身上几乎没有出现。年轻警察不禁诧异地想，这个男人真的是同死者朝夕相处的丈夫吗？突然他看见这个男人用右手指尖拔下下巴上的一根短毛，扔在了地上，被拔掉毛的部位有一点发红。

之后，年轻警察的上司在别的房间再次询问，而衣笠幸夫的情绪同样没有丝毫变化。当问到他妻子出发前的情况时，他答不上来。

“她有什么奇怪的表情或者觉得不安的样子吗？”

“怎么说呢，就我所看到的……你说的‘不安’是指什么呢？”

“比如她有没有说过旅行社的安排有些奇怪，或者不够充分之类的话？”

“类似‘坐那个旅行社的大巴出行好恐怖’这样的话？”

“是的。她说过吗？”

“没有，我没听她说过。”

“再或者，她从新宿出发前或坐上大巴后和你联系过吗？”

“和我说‘司机很可怕，感觉刹车有点奇怪’这类的话？”

“有吗？”

“没有。”

“您也没有和她联系？”

“没有。”

“平时都联系，唯独这次没有？”

“不是，不管什么时候都没有。只要没有发生什么大事，我们一直都是这样的。”

警察暗忖，自己和老婆之间不也是这样吗？做这种工作，已经很久没有在两个人都不忙的时候联系过了。这样一想，对眼前这个没有表情、不知道是什么心情的男人竟有些理解。

当得知和妻子同行的大宫雪也去世了的时候，幸夫的表情有些莫名其妙，回答了一句“真可怜啊”。在幸夫的印象里，只在和夏子结婚的时候见过一次大宫雪，之后就没有来往了。

“大宫雪的丈夫很担心你一个人会感到不安，你要见他吗？”

“真是谢谢他了，但是今天我还没有平复好心情。”

“我理解。”

警察记得此前询问时，大宫阳一曾直呼夏子的丈夫为“幸夫”，但是看样子眼前的幸夫似乎连见都没见过大宫阳一，不仅如此，他甚至都不知道阳一是雪的第二任丈夫。

警察又想到自己，有几个人能说出妻子朋友的丈夫的名字呢？他开始害怕起失去妻子来，上一次有这种担心，还是年轻时在妻子耳边说甜言蜜语的时候。但是今天的感觉与当时幻想证明爱情的感觉完全相反，更为紧迫，触手可及。失去深爱的人，和失去已经完全感觉不到爱的人，悲伤的程度不可同日而语，后者陷入失落的泥沼之深是无法估量的。

旅行社负责解决遗属晚上的住宿，还安排好了用车。问话结束后，警察看着幸夫走向停车场的背影，感觉不到一丝感情。悲伤、绝望、疲惫，什么都没有，有的只是或许他本人也不明白的、一望无际的、无色透明的东西，笼罩着他的肩膀。

我

“果然还是该穿和服的。”母亲一边透过百叶窗的缝隙往下看一边嘟囔道，“你说和服太占地方，而且老年人不用逞强，可你看，那些拿着大相机的人，还有拿着话筒的人。看啊，他们来了，又来了。丧家的婆婆穿着西式丧服，别人会想这是个什么婆婆。他们可能会问为什么要穿成这样。不行，这样不行，夏子一定会多心的。夏子，真的会多心的。”她说着，用干裂的指腹代替手绢擦了擦湿润的眼角。

父亲装作没听见，在等候室里看电视看得出神。正在播放的是反复验证事故原因、谈及冬季道路危险、大巴司机的工作状态等问题的节目。

死者家属都很痛苦吧。我认识在这次事故中失去了妻子的津村启先生，他该怎么接受这一切呢？我很担心他。实际上很难安抚遗属的心情，这根本不是赔偿了钱就能了结的事。

曾和我一起参演综艺节目的艺人噘着嘴不满地说道。可是我并不像他说的那样，而且我跟他也不熟。

“棺材运过来了。”父亲缓缓说道。

电视屏幕上出现了在事故中丧生的二十岁女大学生的葬礼画面，一群同龄人低头站在那里，潸然落泪，白色的棺材被人抬着穿行在他们中间。

“果然还是得用货车运棺材啊。”

事故第二天夏子就在当地的火葬场火化了，我把她的骨灰带回了东京。火葬时，只有嫁到名古屋的妻妹在场。当天夜里我打电话告诉她夏子之死时，她说既然父母都已离世，那她一定要去，于是第二天一早她就搭乘新干线去了。我们是特大事故的受害者，得到了当地政府的大力协助。火葬的过程十分顺利，从我看到亡妻第一面到拿到骨灰，一共经历了二十个小时。原本我还担心火葬炉的门一打开，看到火化完的遗骨，我会惴惴不安，可是看到平坦的台面上散落着的骨灰后，突然间我脑中一片空白。那是我之前见过多次的人类的骨灰，和夏子完全没有关系。我甚至想，几个小时前刚被送进门后的夏子该不会是金蝉脱壳般被调包了吧?

妻妹很体贴，考虑到我拿着由白色绢布包裹着的骨灰盒显得太郑重，乘坐回程的新干线不太方便，于是拿出从家里带来的茄紫色包裹布、黑色旅行包，还有她七岁儿子的假面骑士手提包。但是骨灰盒比预想中要大一些，包裹布尺寸不够，四个角系不上，黑色旅行包也放不下。妻妹很遗憾地表示家里其实还有一个大包，但偏偏她丈夫这两天出差拿去用了。最终反而是没指望能派上用场的假面骑士手提包救了急，就像定做的一样刚好合适。吞下骨灰盒的假面骑士面无表情地准备变身。妻妹笑得站不起身，最后哭着说道:“姐姐，对不起。”

回到东京后，妻子理发店的同事们陆续前来，一看见白色的骨灰盒就哭泣起来。一个跟夏子关系很好的合伙人怎么看都对我非常不满。

“虽然当地的殡仪馆可以开货车把尸体送回东京来，但是那样会使尸体受到损坏。而且她也没有别的直系亲属，我和她妹妹商量之后，就决定在当地火化了。对不住大家了。”

“津村先生不必道歉，您一个电话，我们关了店去山形也可以的啊。”

“多谢了。但是客人对你们来说也很重要……夏子无论如何也不会因为某些事而关店停止营业吧。”

“话虽这样说，但本来我们的客人就都是夏子带来的。”合伙人红肿的眼睛好像在说，不要自作主张火化夏子，一直关心她、珍惜她的人是我们，而不是你这个薄情的丈夫。

我也考虑过从山形走很远很远的路，和夏子的身体一起坐车回东京。但是我觉得那样做不是为了夏子，而是为了迎合这些同事的面子。为此而让夏子长途颠簸，她岂不是太可怜了？夏子向来能看穿我的想法，于是我就想算了，没有意义。最后的最后被她们那么说，我也不想。

母亲抱着一个连名字都不知道的年轻女孩子，和这些人一起纵情哭泣。父亲还是一副视而不见的样子，一张一张地挑选着她们带来的照片，想选一张作为夏子的遗照。

最终选定的遗照非常好。照片上，夏子右手握着剪刀，摸着客人的头发，目光炯炯地看向镜子的方向。这张照片是几年前夏子在接受一家美容美发杂志采访时由专业摄影师拍摄的。夏子的发型和妆容比平时更加精致，浅色背景下的景深突出了她清澈双眸与笔直鼻梁的完美搭配，就像从电影的场景中切出的一帧画面。

“多漂亮的一张照片啊。”母亲感慨道，“居然有这么漂亮的照片，对普通人来说真是太难得了。”

“一点都不普通，简直像演员的葬礼一样。”父亲噘着嘴说道。

许多出版行业的人都争先恐后前来帮忙，几家电视台的工作人员也送了花或者发来了唁电。守夜和葬礼上，许多熟人都到场了。从山形回东京的新干线上，我就开始琢磨发言稿了。我的脱稿发言，竟让台下的人不时发出情真意切的抽泣声，虽然他们都不认识夏子。我的发言竟有那样的力量，不觉间我哽咽起来。一瞬间，快门声像突如其来的雨点落地一般此起彼伏。

一直到我捧着骨灰盒钻进备好的车，快门声都没有停歇过。中途有记者递来话筒提问，我只是轻轻点头致意，然后就低头走开，乘车离开了殡仪馆。

汽车向前行驶，后座上的我看了看镜子里自己的脸，早上精心打理过的刘海乱糟糟的，就像狗的生殖器一般耷拉在前额上，我轻轻叹了口气。

父母和妻妹都回了各自远方的家，只剩下我一个人。那天晚上我最先做的，就是走向书房打开电脑，在网上搜索“作家津村启妻子的葬礼”的新闻。网上已经有了几则消息，电视里也在播放相关新闻。

网络上刊载的我的照片旁边都写着一句“表情沉痛的津村先生”，和照片里我的表情相得益彰。很多人写了评论，大多是对不幸表示哀悼，有一些负面评论也仅是“出了这种事就没法再参加综艺节目了吧”这种程度的话，没有责备和揭露我的迹象，也有人指出我的刘海看上去有点奇怪。可我反而更加疑神疑鬼了，全神贯注地在搜索框里输入“津村启　事故”“津村启　妻子”“津村启　葬礼”“津村启　遗属”“津村启　可怜”“津村启　帅”“津村启　才能”“津村启　情夫”“津村启　撒谎”“津村启　出轨”“津村启　情人”“津村启　衣笠幸夫”等关键词。一抬头，桌子一角的遗照上，夏子仿佛决心不和我对视一般，直勾勾地看着天花板。

寂静，来得更凶猛了。

事故发生后，衣笠幸夫每天过着被各种手续和清理急急推着往前走的生活。虽然这一切都和衣笠夏子的死有关，但是在幸夫看来，夏子仍在外旅行，只是偶尔一次晚回来了而已。

搜索湖底和拆解大巴的工作用了几天的时间才全部结束，之后警察联络遗属领取打捞上来的死者物品。对于幸夫来说，那些整齐排列着的旅行包和衣物哪件属于夏子，他完全没有头绪。告别的那天晚上幸夫没有看清夏子的脸，虽然听到了身后起居室的地板上行李箱滑轮发出的声音，但那是一个什么样的箱子他完全没有印象。他记得以前家里有一个湖蓝色的大号旅行箱，听说是夏子在美容学校时买的，之前住的一居室公寓的壁橱里放不下，所以平时就放在一间六叠[1]大的房间里，里面装着两人的藏书。只有一次，两个人把旅行箱装满行李去冲绳旅行，半路上滑轮坏了，使劲拉了一下之后就完全脱落下来，只能就那样拖着，回家后就完全报废了。这已经是十年以前的事了，那之后夏子拥有过很多行李箱，但幸夫都不知道。

他站在几个看似女性使用的箱子前，将其中的物品一件一件拿在手里时，越发混乱起来。明明共同生活了将近二十年，那些衣服和化妆品离开了夏子的身体、孤单地摆放在那里时，他却不敢确信哪件毛衣和哪支口红是妻子的。他觉得夏子不会有色彩明艳的物品，又觉得她也喜欢这些更适合出行的东西；他觉得她喜欢黑色，又觉得她好像也喜欢白色，一时觉得她好像喜欢粉色和橙色，一时又觉得这些颜色她都讨厌。从夏子的年纪和平时的行为举止得出的判断让他觉得终于找对了的时候，眼前又会跳出来一些出乎意料的物品，于是只好把选好的东西又放回原处。眼前有 Hello Kitty 抱枕、贴满男明星贴纸的小镜子……幸夫记得夏子好像戒烟了，但是却有一盒 Hilite 香烟。另外还有用旧了的电动牙刷、避孕套、剃刀、香瓜那么大的巨型罩杯内衣……哪一件看起来都像是

①日本计量房屋面积大小的单位，1 叠约为 1.62 平方米。

别人的，但哪一件也都有可能是夏子的。

所有物品都被水浸泡过，就算带回去送人，也不会令人开心。幸夫的腿站麻了，他对警察说：“非常抱歉，其他的都可以处理掉。”他唯一可以确定的遗物，是放有驾照的钱包和装着已经坏掉的手机的挎包。幸夫拿着它们走出了警察局。

负责作家津村启通告业务的经纪人岸本提议，一段时间内暂停上电视和参加广播节目。

“不用吧，我可以做的。”

“还是算了吧。先生你并非艺人，而且在服丧期间出席活动也不会得到夸赞。当务之急是不要勉强自己，安静地做好本职工作，这样才能给世人留下好印象。对了，先生，这期间应该会有很多演讲之类的。”

“演讲？”

“可能要过一段时间，不过因为发生了这种事……”

“讲述自己的悲惨体验？”

“就是讲述如何走出来……总之，人们总是需要这种故事的。”

“虽然遭遇了不幸，可还是走了出来”这种发生在别人身上的故事对人来说是必要的吗？它会成为人直面困难的强心剂，还是平淡不惊的日常生活中的佐料？不管怎样，这由创作出的虚构角色来承担倒无所谓，自己的人生居然成为这一素材却令衣笠幸夫始料未及。但是衣笠幸夫毫无疑问是受害者。葬礼结束后大概三周，他想起曾接到“第一次受害者遗属说明会”的通知。听说是由一位死去的大学生的父亲在事故发生后立即组织起来的，旨在将遗属联合起来，同旅行社、大巴公司、政府就调查事故原因和索赔进行交涉。这是一次大型事故，幸夫作为知名人士不能不参加会议，但是对于今后必须以受害者身份自居一事，他无法接受。想到今后一直会被贴上“遭遇不幸的人”这样的标签，行文时也必须加以克制，幸夫觉得那才让他受害深重。

过着安稳日子的人都是这样，幸夫也是。在罹患不幸的受害者面前，幸夫也能表现出常人有的那种悲伤和同情，但是当自己成为受害者时，他对此却无法形成一个清晰的概念。经历过失去之痛的人就像住在河对岸的居民，幸夫从没想过要渡过河去看一看。发生惨绝人寰的杀人案后，就连那些从没有对他人起过杀意的、令人怜爱的家庭主妇也会在电视机前严肃地宣称“希望对凶手处以死刑”。幸夫被这种失去之痛带来的强大力量压倒，除了害怕受害本身，更害怕变成受害者。幸夫想，如果自己遇到什么不幸，一定会比别人更加克制，会隐藏起因憎恨而发狂的倾向，表现得与内心截然相反。如果无法沉浸在像他们一样不加控制的愤怒和悲伤里，那么等待他的将是什么？想到这里，幸夫更害怕了。

幸夫的担心果然应验了。

在夏子葬礼结束一周后，R 社的编辑福永千寻看到幸夫几乎同以前没有什么变化，受到了不小的打击。

事故发生的前一天晚上，福永在衣笠家和幸夫鱼水交欢。事故发生后，她一直背负着沉重的罪恶感，忍不住又去见了一次“共犯”幸夫，虽然知道这不是能减轻罪恶感的好方法。她不想让别人觉得，夏子的死为她提供了一个趾高气扬乘虚而入的机会，但在夏子的葬礼上，她还是作为丧家一方若无其事地处理现场事务，神情肃穆地在祭坛前合掌，这其实让她的良心备受摧残，愧疚感一触即发。同时，福永比往常更加挂念突然变成孤家寡人的幸夫，于是在葬礼结束一周后去了衣笠家。她深知这样做是对逝者的又一次侮辱，但还是和幸夫同床共枕了。

福永从一开始就知道接下来要发生的事，但踏进衣笠家看到毫无顾忌的幸夫时，还是受到了很大的打击，于是便试图拒绝他。福永拒绝的同时对自己的低级趣味感到恶心，但也有“这个男人诉苦的对象就只有我了”这种阴暗的满足感。

然而，一旦开了头就变成了和平时一样的无聊运动。福永在不停挺腰的幸夫脸上完全看不到人会有的悲伤和痛苦，只觉他像一只猴子。福永小时候在动物园看到过这样的猴子，那时她的眼睛被父亲的双手捂住了，可她还是从指缝中看到了那只公猴。福永的身体被摇来摇去，她想，这个男人抱着的不是我，不是别人，也不是他的妻子。自从和幸夫发生关系以来，福永这是第一次落下泪来。

拐弯的时候，视野前方出现了一头雪白的大角鹿，正越过护栏迅速逼近车道。幸夫急忙把缓缓向右转动的方向盘向左扭回去。踩了刹车，踩的的确是刹车，但是大巴却加速向前行驶。嘎吱嘎吱，护栏像纸一般一碰就裂开了，大巴向前倾倒。幸夫出奇冷静，猛踩会加速向前的刹车，回头看了一下。车厢里没有乘客，空空如也。啊，死去的不是妻子，而是自己啊。后视镜里映照出那头雪白的大角鹿，它正从悬崖上面俯视幸夫。

梦里驾驶的场景十分真实。衣笠幸夫不会开车，但是当他睁开眼睛的那一瞬间，觉得自己仿佛可以随心所欲地驾驶了。鼻腔深处有一股淡淡的腐烂水果的甜味。

大巴公司和旅行社坚称对事故不负有直接责任，也没有强制员工疲劳驾驶。他们称，大巴司机是一位拥有十五年雪道和冻结路面驾驶经验的资深模范司机，而且得到了充分的休息，大巴也得到了精心的维护。分析转速表得出的信息显示，事故发生前的驾驶速度符合当时的路面环境，并没有危险驾驶。但是大巴为何没有转弯这一关键原因还没有查明。

当时正值黎明时分，幸存者在事故发生前皆处于深度睡眠状态，没有人能为那个瞬间提供证言，或许那死去的十名游客中有人看到了什么。调查就这样陷入了僵局，令人心焦。而且司机也在事故中丧命，遗属的愤怒没有可以发泄的对象，说明会现场笼罩在一片沉默忧郁的气氛中。大巴公司的社长时不时地推正歪了的老花镜，结结巴巴地说明事态进展，脸上的疲惫之色清晰可见。就在他翻到那份厚厚的事故调查文件中的一页时，会场后方传来如同野兽咆哮一般尖厉的声音，社长从文件中抬起头来，大惊失色，迅速躲到了桌子下面，原本在他脑袋后的白板上喷溅着黄色油漆一般的物质，随后会场的气氛更紧张了，大家一齐扭头向后方看去。

一个男子手里拿着一串麝香葡萄，摇晃着等待社长的头顶稍微露出桌面时又打中了桌子的边缘，黄绿色的果实随即四下飞散。周围响起女人的喊叫。社长把头埋在下面，就像打地鼠游戏中的地鼠。“停下！”不知谁说了一句。男子正要从面前的大水果篮子里拿水果时，被旁边一个小个子老人按住了手。衣笠家的起居室里也摆放有放了两个星期之久的水果篮。溅到白板上的水果是黏糊糊的熟透了的芒果，两三天前幸夫的家也开始飘散起了这种甜甜的腐烂的味道。男子结实粗壮的胳膊被控制着，他没有试图挣脱，却继续向躲在桌子下面的社长发起了进攻。“别说这些没用的，把我妻子还给我！别说你们没责任之类的话，告诉我怎么能让我妻子回来！钱和水果篮我们收下了，但那些东西换不回他们！”男子呜咽起来，“你们来回信口胡说，向我们道歉也只是为了不让我们再来添麻烦……”他的话支离破碎，前言不搭后语，但是毋庸置疑他的愤怒是千真万确的。在他的感染下，其他遗属也都流着泪咆哮起来，小个子老人制止男子的手也开始松开，用宛如枯枝一般的手指抚摩着男子的双臂，似乎在安慰他。最后男子鼻涕横流，像孩子一般抽抽搭搭地哭了起来，周围的人们也开始用更加犀利的言辞诉说着自己的心情。男子看起来比幸夫年轻不少，晒得黝黑的高颧骨和咀嚼肌发达的腮帮与昭和[1]时代的人别无二致，有光泽的高领打底衫外面罩着一件看起来不太经常穿的粗呢夹克，看起来不像是普通的上班族。幸夫看到男子的鼻涕像麦芽糖一般滑溜溜地向下拉长，经过喉咙，滑过胸口，最后无声无息地流到水果篮里因失去水分而显得皱巴巴的苹果上。幸夫的五官不由得扭曲起来。男子的模样越真实，幸夫便越能感觉到自己体内那块巨大的东西。幸夫完全没有冲动像其他遗属一样和男子一起大声哭喊。水果篮和透明的鼻涕连接在一起，男子还在大声咆哮着。

①日本第 124 代天皇裕仁在位期间使用的年号，时间为 1926-1989 年。

“虽然有一些感性的部分，但在所难免，建设性的谈话是建立在这些感性的部分之上的。昨天还与我们共同生活的家人朋友突然死去，在座的各位谁都会接受不了，我也一样。因为人本来就不能够很快接受不幸。”说明会结束后，津村启又被夜间新闻节目的记者叫住，他站在摄影机前说，“总之，现在大家都想赶快找到始作俑者，责任的承担者。这虽然是必要的流程，但是不应该着急，不应该凭感性来推动事情的发展。”

站在摄像机旁拿着麦克风的记者边听边重重地点了点头。

“谁都想赶快从这噩梦中逃离，但可惜的是谁都逃不出去。失去了就是失去了，必须寻找方法和这噩梦共存，除此之外我们无路可走。这条路毫无疑问布满了荆棘，因此我们和社会各界人士都应该在今后的日子里共同努力，树立起能向着荆棘之路走下去的信心。”

这时候他听到有人在喊自己的名字。

在周围都是摄像机的情况下被叫到真名绝对是一件糟糕的事。是那个刚才打破说明会凝滞氛围的粗犷声音。津村启没有继续说下去，而是直直地看着摄像机的镜头，仿佛冻住了一般。

那个声音又一次大喊了起来，而且还很亲切。

傻瓜，别喊了。不能喊那个名字。

究竟是谁？现场的记者们不知道是谁在喊谁，但注意到了津村启怪异的表情。“不好意思，我现在在接受采访，请保持安静。”津村启还没说完，那声音的主人就走进了摄像机的取景框中，紧握住呆立着的津村启的双手。

“幸夫，终于见到你了。”

温热厚实的掌心传来了幽幽的水果香气。衣笠幸夫和大宫阳一就这样相遇了。

我

| 三月十七日 |

洗衣机和脏衣篮里的脏衣服又堆满了，卫生间也没处下脚。我不情愿地启动了洗衣机。洗衣机里塞得满满的衣物在颜色就像煮了蛤蜊一样的水里几乎动弹不得，就像神看着通勤高峰期电车里的人们的心情。神对人的幸福不感兴趣。

甩干程序结束后，我的衬衣、裤子和夏子的短裤、围裙缠绕在一起。之前已经空了的洗衣机槽里怎么又放入了她的东西？在这个世界上没有人会再穿那些短裤，干了也没用。但是我又不想直接扔到垃圾桶里，改天再扔吧。改天再扔，这是问题所在吗？我决定不了，最后把它们全都放回了干衣篮里。汤姆·布朗牌衬衣上的肉汁渍完全没洗掉。

| 三月二十日 |

中午在新宿和岸本吃过饭后，一个快四十岁的小个子女人突然靠近我说道："您夫人的事，还请节哀顺变。"她的右眼瞳孔有些歪斜，我一时间有点没意识到她在跟我说话。"谢谢。"我答。她接着说道："去年我妹妹突然失去了丈夫，所以您的悲伤我能理解。"她说话虽然很有礼貌，但是过度的安慰让人觉得恶心。当她说到"妹妹""妹夫"这些与我不相干的人的爱情经历和生离死别的时候，岸本及时转移了话题，阻止了她。女子说道："先生的大作我都看过。"需要用"大作"这种敬称吗?

| 四月六日 |

J社的加藤约我去井之头公园看樱花，那里人很多。负责文库本的编辑伊藤做了便当，里面有海苔烧鸡蛋，很好吃。我明白大家是想让我振作起来。大家在畅谈东北哪里的樱花值得观赏，哪位作家在庭院里种有樱花，哪种樱花怎么样，去哪里观赏最好，以及归途去上野的某家荞麦面店吃饭最有情趣等等。只有我只知道井之头公园吗?

加藤可能看我一言不发觉得有些不自然，于是说起了事故的话题。旁边野餐垫上坐着的四十岁左右的男人们在兴奋地唱着南天群星乐队的歌。为什么要在赏樱时唱他们的歌呢?

我用压过他们的声音拼命地讲述着妻子遭遇事故一事。一个看起来像新人的二十多岁的年轻人坐在我们这张野餐垫的一角，边玩着一次性筷子的包装纸边点头附和着，但是他肯定没听，没有听!

喝了几轮酒后，我开始乱说一气，比如哪家出版社的谁和哪个作家在交往、分手的时候哪一方很伤心之类的事，一直说个不停。鳏夫的话没人想听吧。我拒绝了他们的邀请，没去下一轮聚会。五点半左右，我拜托快要打烊的船家让我一个人试着划一次。我划着小船，向落满了花瓣的水面而去。

| 四月十日 |

作家 T 约我去乘坐他的游艇。

他说：“不管怎么说大海都是最好的，不管什么时候大海都是药。”

海面波涛汹涌，寒风刺骨，T 却只穿着背心。“药”起作用了吗？我吐得昏天黑地。

| 四月十四日 |

和 S 出版社的人打高尔夫。我很久没打了，但状态还不错，一直以六杆差保持领先，可是却卡在了第十七洞的沙坑。我之前也打过这样的路线，但当时没这么焦躁。我能轻轻松松上果岭，可是球骨碌碌地滚了回来，试了好多次都停在了

分毫不差的位置上。开始挥的几杆还引起了欢呼雀跃，第五杆之后四周就鸦雀无声了。挥完第十四杆我有点生气，把球杆扔到了沙地上。回家一看，球头和杆身的连接处已经变形了。记得要买厕所的灯泡，四十瓦。

| 四月十七日 |

热。好像有二十六度。想穿夏装，但是翻遍了衣柜都没找到一件。

下午去剪发。不想和夏子店里的人见面，害怕被问到近况，想了想最后去了 G 町的理发店。躺在洗头床上，橙色蘑菇头店员问我："今天不上班吗？""嗯。"接着她又问我："公司就在附近吗？""嗯。""是您自己的公司吗？""嗯。""那您是社长吗？""嗯。""哎！真酷啊。您是做什么的？""皮条客。"我说罢，蘑菇头就不再说话了，她使劲地搓着我的头发，我的头皮都快被卷起来了。

蘑菇头的上司帮我剪的头发。他问我想怎么做、是染还是烫、剪多长的时候，我完全不知道该怎么回答。我不会对这个陌生人说出"就像马塞洛·马斯楚安尼那种中年人的发型"这种话，而且就算我说出口，他大概也不知道该怎么剪。他说在电视上看到过我，我说那就剪成电视里的那个样子就好。他说着"明白了，您的头发总是被打理得很精神呢"，最后把我的头发剪成了三七分。

| 四月十九日 |

电话很多的一天。傍晚吃完晚饭打算出去的时候，电话响了。

电话留言的扬声器里传来一个悦耳的声音：“我是夏子的大学同学安藤。”安藤奈绪美。我想起了那个漂亮的女人，不禁拿起了话筒。

安藤说她是夏子上大学后交到的第一个朋友，之后两个人一起进入了网球部。安藤情真意切地表示夏子非常优秀，为夏子的去世感到惋惜。但我在守夜和葬礼上应该都没有见到她。被问到夏子大学退学之后她们两个人联系过没有，她直截了当地回答，和共同的朋友一起见过夏子几次。

“衣笠，你不要紧吧？”安藤询问道，在我听来，她的声音妩媚极了。“你作为成功人士，在外面不得不坚强，但其实很痛苦吧？”

“我没事。虽然有时候也很艰难，也还不太习惯一个人的生活。”什么嘛，我在期待什么呢？

“我很担心你啊，衣笠。”

安藤奈绪美。雪白肌肤上的静脉血管清晰可见，身材纤细，眼间距有些宽，眼神有些忧郁，就像竹久梦二画中的女子。

“为什么你会担心我？没事的。”

“我突然打电话，给你添麻烦了吗？”

“那倒没有。听到你的声音我很开心，好怀念以前那个时候啊。”

“我说，衣笠，很久没见了，见一面吗？”

什么？什么？

“可以的话我们早点见面吧。这周你忙吗？”

什么！什么！

“太突然了吧。”

“确实有些。但是就当为了你，拜托了。”

“为了我？”

“其实呢，我在电视上看到你出现在夏子的葬礼和遗属说明会上，觉得你的情况不太好。”

“什么意思？”

“你的光环没有了。”

“嗯？光环？”

“你知道吗，人本来是由光环保护着的，就像那种佛祖背后的光环，或者西方绘画中圣人头部后方的光环。健康的人和前途光明的人也有。但是夏子去世以后，你身后的光环就没有了。我没打算吓唬你，但是怎么说呢，那真的是一件很不好的事情。”

“等等，你为什么能看到？”

“因为我重复过多次那样的训练。本来人是看不见这种东西的，但听说古代人一般都能看见。文明程度越高，人们的生活和思考就渐渐堕落了，因此大部分人基本上都看不到。我给我的老师看了刊登有你照片的周刊杂志，我的老师说你的情况不太好，让我赶快告诉你，希望你来一趟。”

安藤奈绪美，我真的，很遗憾。

之后的四十分钟，我一直在拒绝她的邀请。本来我还想问她大学毕业以后过着怎样的生活，有没有结婚生子，但我没有说出口就挂了电话。安藤奈绪美说，她觉得很可惜，还劝我一大早就面朝西方舔一粒天然盐以求自保。唉。

电话打了很久，我已经完全失去了外出的兴趣，但是不知道为什么很想吃寿司，于是点了一人份的寿司外卖。

上个月，夏子死后的第四十九天，决定了墓地的选址。夏子的伯父说,如果我同意,墓地就选到位于千叶的田中家墓。比起把墓地安置在和夏子并无缘分的我的老家，或者东京都内的随便一处，还是能看到太平洋的地方更好一些。我这么想着便同意了。我想起那片墓地位于面朝大海的草原，草原上绽放着夜来香，挺好的。“那里有夏子的父母，我们也很快就去了，到时候那片墓地就热闹多了。”伯父笑着说道。

我死了以后会去哪里呢？大概不会埋进田中家墓吧。当然要是我低头请求他们允许我加入则另当别论。我想象着海风习习的房总半岛上的田中家墓正举办热闹的宴席，我突然前去打扰，天真无邪地玩闹嬉笑着的夏子一看到额头上绑着白色三角布的我，表情就像戴了铁面具一般冷峻下来。我才不要。

而且，我死了以后谁能发现呢？

外卖寿司的海胆十分美味。要是夏子点外卖，应该会选择其他寿司店吧。

| 四月二十二日 |

送货员按响门铃，说楼下的信箱塞满了东西。我下楼打开信箱，只见商品传单、信、样书、商品目录表等就像寿司一样挤得满登登的，确实再也放不下一张广告纸了。上小学时，权藤的抽屉里也是这样。老师看不下去，强行清理他的抽屉，一用力抽教科书，发了霉的面包和已经变质结块的盒装牛奶一起从里面掉了出来。大家都笑他，但其实我的抽屉里也有发了霉的面包。

寄给妻子的商品传单有十几张，来自投资信托、百货商店化妆品专柜、约兰按摩院、健康酵素 Veg Royal、鲜鱼配送 Totokichi……只要我不逐一通知“我妻子去世了”，今后这些传单还会继续寄来。

手机消费账单也到了。打开一看，里面有夏子的手机通话记录。最后一通电话是事故前一天晚上十点半多打的，大概是同行的大宫雪的电话号码。找了找我的电话号码，二月之后只有两通，而且其中一通的通话时间只有二十秒，另一通是五秒。五秒钟能在电话里说些什么呢？

“还在忙。”

“哦。”

“再打给你。”

当时的对话是这样的吗？

夏子的手机还在被不断扣费，得去办理解约手续了。

| 四月二十四日 |

下雨。上周还那么热，这周突然就变冷了。虽然不太情愿，我还是穿着冬装大衣去和R社的人见了面。他们建议我写一部小说，不用说也知道，就是突然在事故中失去妻子的作家的私小说[①]。

副主编桑名说：“现在正是应该写的时候。”他那奇怪的表情算什么嘛！死去的可是我老婆。反正他就只是打算那么一说，然后就坐在椅子上挖着鼻孔干等着。那个对别人的不幸幸灾乐祸的鬣狗一样的混蛋。

“要不你来写吧，我讲给你听。”我这样说罢，他一副郁闷的表情说道：“恕我直言，这三年来您的作品里完全让人感觉不到热情。”没有温度，因为我已经死了！真是承蒙你关照了！

只要把亲身经历当题材，故事就变成活生生的了？只能

①日本近代小说的一个流派，以作者的切身体会为素材而创作的小说，相较于客观描写更注重内心描写。

凭借亲身经历来写小说，那么作者大概就要完了吧。我想象着把妻子的不幸写成几本系列小说后变成百万级畅销书作者的自己，在R社举办的宴会上，边用缠着丝带的立式麦克风讲话边哭泣：夏子，多亏了你……唉哟哟哟哟哟，那个人简直太可笑了。

主编大迫从中调停，但局面还是变得乱七八糟。我虽然很过分，但是桑名的酒品也是差到不行。

福永千寻开始和我们坐在一起，发生争执后，她以送我回家的名义和我同乘一辆出租车。

“跟你又没关系，你投什么赞成票？”

“当然和我有关。”

“啊，是吗？那你还真是听上司的话啊。”

“因为是我的提案。”

“什么？你为什么要挑起这事？”

“你怎么想都行，但是你把自己当成当事人了吗？”

出租车到了公寓门口，我下了车，福永没有跟上来，只是看了我一眼，对我说“辛苦了”，行礼后好像让司机关上了车门。透过车窗看到她的侧脸像一个陌生的老人，是瘦了的缘故吗？她的下巴旁边凹陷下去一块，边缘是浓重的阴影。

回到家后，电话留言的灯亮着。

第一通电话是不知哪家洗衣店打来的。“去年十一月送洗的衣服快要过保管期限了，请来取衣服。”关掉，删除。

第二通电话是某证券公司打来的。“关于投资一事要再次为夫人介绍更多信息，还会再打来。”关掉，删除。

第三通电话是M百货商店的H钟表店打来的。“已经联系过您多次，一月二十日送修的手表已经修理完毕。”关掉，删除。

第四通电话。“我是大宫，就是阳一，雪的老公。没什么特别的事，但是什么时候一起聊聊天吧，幸夫。你有空的时候联系我，如果能接到你的电话我会很开心的，什么时候都可以。电话号码之前见面的时候写给你了，还是再跟你说一次吧，090……”关掉，删除。

电话留言就是这些。

我躺在沙发上，靠垫上我强烈的体臭味突然扑鼻而来。我听到外面的街道上摩托车疾驰而过时排气筒的声音借着风势发出了很大的动静。轰轰轰，轰轰轰，轰轰轰，轰轰轰，轰——轰轰——轰轰——吵死了！自豪地竞相放屁，一对傻瓜。轰鸣的声音远去后，又变回了没有声音的世界。

大宫阳一。

电话留言里的声音，不同于在遗属说明会上听到的愤怒的、掷粪的大猩猩一般粗野的声音，而是细声细气、直击心灵的固执声音。他和我见面到底想干什么呢？

那天大宫阳一从皱巴巴的裤子口袋里拿出一个薄薄的奠

仪袋递给我，一定是来的路上在便利店里买的，然后用之前大概装在钱包里的油性笔写上了自己的名字。他的字写得很工整，着实让我没有想到。我郑重地道谢收下，几天以后拜托岸本替我送了一份与给参加葬礼的人同样的回礼……应该是这样的。

奠仪袋里放有一张五千元纸币，我回家看过后就扔在了书房的桌子上。那之后呢？

沿海公路上只有大宫阳一的卡车在行驶，车前灯开着，前后光束不及的地方如同涂了漆一般黝黑。在光束中飞舞着的白色物质是四月的雪。阳一调高了车内温度，但冷风无孔不入，他只得不停跺脚，结果右膝都麻了。温暖的天气一直持续到上周，对气温的疏忽导致阳一忘记穿保暖裤了。秋田市内的配送目的地最好在清晨之前抵达。阳一想稍稍休息，于是找了一条通向陆地方向的路，大幅转动方向盘，逃离了海风。

他在便利店的用餐角边吃杯装泡面，边打开手机，看到真平发来的信息。

公寓管理员做了咖喱饭，叫我和小灯过去吃，我们俩就去了。

小灯不情愿地吃了藠头，回到家一个劲地说“臭”。

咖喱饭很好吃。

门锁好了。

收件时间是晚上十点半。阳一犹豫着要不要回信息，他看了看便利店里面挂着的时钟，已经是凌晨两点了。以前发生过这样的事，阳一觉得真平已经睡了，凌晨三点给他发信息，结果马上收到了回复。阳一让真平不要熬夜，赶紧睡觉，可真平说已经醒了。大概真平的睡眠也变浅了。直到几个月以前，真平还是那种无论闹钟怎么响都纹丝不动的孩子，小雪还曾就此发过牢骚。

三周前，公寓楼上的住户半夜十一点喝醉酒回家，敲错了大宫家的门。他把门铃按个不停，还在门外大声喊叫，门一直不开，最后他气血上涌，一段助跑后把门踹开，还怒骂不休。那天恰逢阳一不在家，正在电视机前看海盗电影的兄妹俩吓了一跳。真平赶紧打电话给阳一，说之前从门镜看是个不认识的叔叔，电话里还能听到一旁的小灯大哭的声音。阳一当时正行驶在从福岛往仙台方向去的国道四号线上，他做好了被炒鱿鱼的心理准备，打算在下个信号灯掉头。所幸最后阳一隔壁邻居家的儿子听到了骚乱声走了出来，阳一才没有调转方向盘，事态得以平息。过了几天，楼上的男子和性情温良的妻子一起到访，还带着迪士尼电影影碟和点心盒。虽然他们在玄关处的地板上俯首致歉，小灯也很开心地大口吃着年轮蛋糕，但是阳一和真平内心的不安并没有被抹去，如果下次再发生其他事该怎么办？

突然阳一抬起头来，看到两个白花花的屁股像吸盘一般紧紧贴着眼前的玻璃。他不禁喷出口中的面，只见两个男人提起裤子后在玻璃前像孩子一样蹲下了。他们是之前和阳一跑同一条路线的司机。

阳一走出便利店，那两个人嘴里吐出的烟和罐装咖啡的热气伴着呼出的气息袅袅上升。

“真是好久不见呀。”

“真的是。”阳一脸上自然地露出了一贯的笑容。

“今天要去哪儿？”

“先到秋田。”

“哦，秋田！上周我往菜市场巷子里刚开的一家游戏厅投了两万，赚了一万七。然后第二天这家伙说要去，我就让他去我玩的那台机子上试试。”

“结果用四千赚了四万。你也去看看呗，我本来还以为他是骗我的呢。”

“我不去，我怕被骗。”

“什么嘛，说这么没胆的话。你是怎么了？以前没见你这样啊。生意多吗？还以为你已经不干这种事了。”

“不是这么回事。”

“咦？你是不是戒烟了？”

“也不算……”

“很早以前的事了，对吧？因为他想家人了。”

“我才是因为想家人才开始抽烟的。和老头子关系正好的时候他死了。”

“这么说也没错。”

三个人的笑声在便利店后面的山上回响着。

阳一微笑着和二人挥手告别，背对着他们向卡车走去，途中他从手中的便利店购物袋里拿出焦油含量三毫克的烟和打火机，草草撕开塑料软包装。回到驾驶席后，他发动引擎，颤颤巍巍地把烟点着，猛地吸了一口。味道很糟糕，受不了。他又吸了两口，然后把烟头摁在烟灰缸里，又将捏扁的烟盒扔到了仪表盘上面。扬声器里传来深夜广播的私人故事，笑声愚蠢聒噪，阳一关上广播，抽噎起来。太难受了。他并不想哭，但是为什么会这样他自己也不知道。那两个人没说任何让他不舒服的话题，他也不忌妒二人没有遭遇家庭变故的安然。他们只是没什么关系的他人，况且何以断定他们就没有遭遇过失去亲人的不幸呢？阳一甚至不知道他们的名字。

过了一会儿，阳一的情绪平复了下来，接着一阵难耐的寂寞袭来，阳一不堪其扰，打开了广播，里面又传出了愚蠢的笑声。阳一试着去想象，他们是否拥有生活，失恋、妻子提出离婚、孩子被欺负、父母痴呆、朋友抑郁、熟人自杀、和兄弟姐妹失去联系、同事沉迷宗教、亲戚借钱、听了别人的花言巧语被骗钱、被坏人威胁、偶遇前女友、不举、流产……他们是否也背负着这些常见的却无法对他人讲述的事，然后每周在可谈范围之内对身边之事侃侃而谈，对一样的话题发出一样的爽朗笑声呢？如果是这样，那么他们和依然握着方向盘、边看时速表边踩油门的自己是一样的。

可自那之后，还是有一些瞬间，阳一想就这样将油门一踩到底，或者在高速公路上松开方向盘。

制止他那么做的是孩子真平和小灯吗？

并不是。

正因为有他们，阳一才觉得可怕，才想踩下那脚油门。

如果剩下自己一个人，怎么活下去都无所谓了，快乐着、痛苦着、发生事故半身不遂、甚至死亡，和谁都没有关系。不管阳一发生什么事，反正在遇到雪之前的很长一段时间就已经没有人真正关心过他了。可是现在还有孩子们。这样一想，阳一就觉得死亡很可怕。死也可怕，生更可怕。他没有自信好好过下去。阳一讨厌起雪来，讨厌起那个将一切都托付于他，然后突然任性离开的雪。怎么办？怎么办？我一个人怎么样都无所谓。

这时，上衣口袋里的手机震动起来。

凌晨两点三十九分。阳一接起应了一声，电话那头，一个男人轻轻叹息一声后无奈地报出了姓名，那是原广岛东洋鲤鱼队明星队员的名字。

真平

说起麻布十番，我就会想起曾看过的美食节目里厨师做的施特罗加诺夫炖牛肉。那种咕嘟咕嘟煮熟的牛肉，我还没吃过。我问妈妈是什么味道，她说那是洋葱牛肉的另一种叫法。补习班上的同学松本说他们学校食堂就有这道菜，我问他是不是和洋葱牛肉的味道一样，和他同一个学校的梅垣说奶油味要更浓一些。那天我回家晚了，一个人吃着妈妈为我留的晚饭，告诉她白天听到的事。妈妈听后一脸不高兴，让我说说当下吃的晚饭。那天的晚饭是腌青花鱼、煮芋头、炒芜菁叶等，我没找到可以说的话题。

"打个比方，你和队友们正在努力做团体操的时候，妈妈却在用手机看棒球比赛的直播，你会怎么想？"

“为什么是棒球？”

“不一定是棒球。嗯，比如说在看内村航平的比赛。”

“那个体操健将？”

“是啊。快说，你会怎么想？”

“比赛同时举行吗？”

“嗯，就是打个比方。”

“我会想，应该他打得更有趣吧。”

“你不会不开心吗？”

“不会啊。”

“不会不甘心？明明拼命练习，心想要好好在妈妈面前表现的时候，妈妈却在看内村航平的比赛。”

“我没想过要好好表现啊，团体操什么的是不得不做的事。”

妈妈轻轻叹了一声，嘟囔着“我举的例子不太好啊”。接着她又说：“但是妈妈做饭是给你们吃的，你们做体操却不是要给妈妈看。”

“我知道。”

“我可能想让你们知恩图报吧。这是真的。就拿这个腌青花鱼来说，我是在你放学回来以后现烤的，不是用微波炉加热的哦。”

“我知道。”

“啊，你知道知恩图报怎么写吗？”

“小菜一碟。”

“真的？”

我站起来走到电话机旁，拿起圆珠笔在报纸广告页上写下“知恩图报”几个字。妈妈终于笑了。

我吃完饭洗碗时，妈妈在一旁用手机搜索施特罗加诺夫炖牛肉的做法，说：“里面好像放了酸奶油。”酸奶油我也没有吃过。我对施特罗加诺夫炖牛肉的向往越来越深，妈妈说改天要做给我吃。妈妈还没有给我做，就不在了。

我们三个人从家走到公交车站，先乘坐五点的公交车到电车站，又换乘大江户线在麻布十番下车。从出发到抵达一共花了一个半小时。大树的哥哥就在麻布中学上学，真厉害。听说离他们家最近的车站是广尾，刚上初一就坐这么远的车去上学，真是没想到。

出站后，爸爸认真研究了一番随身携带的地图，却还是迷路了。“我没来过这种地方啊。”他说。可是身为一个货车司机却看不懂地图吗？已经过了约好的六点半了。

最后终于找到那家店了，就在我们之前走过两次的巷子里。招牌非常小，上面是英文字母，可我不认识。站了一路的小灯嘴角向下撇着。我们第三次在那里转悠的时候，一个穿着黑白工作服的姐姐站在店门口向我们招手。爸爸不利索地报上店名，还没说完她就温柔地笑着说道：“是大宫先生吧？

非常抱歉，我应该早点出来迎接你们的。”说完就带着我们走进了店里。店里面比想象中要狭窄，没什么客人，十分昏暗。小灯问：“这是餐厅吗？”瞬间一股陌生的香气扑鼻而来，我激动了起来。

再往里的餐桌上坐着一个人，他正在和穿着黑白工作服的哥哥说话，我只看到了他的侧脸。我在电视节目里见过那个人，这是我第一次见到电视上的人，听说他就是小夏阿姨的丈夫，这一点都不像真的。

“你们来了。”那个人说着就站了起来，招呼爸爸和小灯坐在他正对面的红色皮沙发上，我则坐在他旁边。听说他比我爸爸年长很多，但是近看比电视上更瘦，穿着打扮也不显老气。

在我坐下之前，爸爸喊了我一声，于是我摘下帽子跟那个人打了招呼。小灯也开口道：“我叫大宫灯，是长颈鹿。我四岁了。”那个人笑了，问小灯为什么是长颈鹿。“因为我长大了。”小灯说。爸爸想说什么，却犹豫了一下没有说出口。于是我解释道：“类似幼儿园里的年中①。在保育院被划分为松鼠、长颈鹿、大象之类。小灯去年还是松鼠组，今年四月开始就变成长颈鹿组了。”

“咦，原来是这么回事啊。学习了。”那个人说，“你呢？

---

①在日本的幼儿园里孩子们根据年龄被分为年少、年中和年长，分别对应满3岁、4岁和5岁。

你几年级了？”他又问我。我告诉他六年级了。他想了一下，然后扭过头对身旁站着的侍者哥哥说：“萤火虫之墓？”说着笑了，侍者哥哥也说着“啊，知道了”，微笑着点了点头。我、爸爸和小灯不知道他们在说什么，什么也没有说。

“哎呀，哥哥真是一个好孩子啊。”那个人说。

爸爸没有要回应的意思，连看都没看侍者哥哥递来的菜单就说道：“来一个中杯生啤。”

“很抱歉，我们没有中杯，只有大杯。”

“哦。”

“向您推荐阿尔萨斯地区的比尔森啤酒，不过您要点国产的 DRAFT 吗？”

“什么？”爸爸像傻瓜一样抬头仰视着侍者哥哥。

“我也来啤酒，国产的就行。真是的，你们应该准备一些中杯嘛，那可是日本的爸爸们最常点的呢。你说是吧？”

那个人说着笑了，可是我知道这家店看起来不像是日本的爸爸们喝酒的地方。

那个人说我们想吃什么可以随便点，可是菜单上都是字，没有配图，什么什么沙拉，我只认识“沙拉”二字。那个“什么什么”净是些用片假名写的外来语，我都看不懂。爸爸则没有一点要看菜单的样子。我下决心说道：“有施特罗加诺夫炖牛肉吗？”

“施特罗加诺夫炖牛肉？”

“那个是俄罗斯料理。”侍者哥哥抱歉地说道。

“那这里是什么料理呢？”

“这里都是法国料理，法国家庭料理很好吃的。但是小武啊，你就问问大厨嘛，有材料的话不就能做吗？”

“好的，我问一下。”

“小哥，不用问也行的。真平，别任性。”爸爸突然说道。

“我没任性，只是问问有没有。”

“没错，这不是任性，对吧？”

那个人使了个眼色，小武哥哥就走到后厨去了。

“你刚才说的到底是什么啊？”

“施特罗加诺夫炖牛肉啊，不知道吗？”

“原来你喜欢时髦的东西啊，真平。”

“我哥哥他没有吃过。”

“瞎说。”

“原来没有啊。”

“爸爸说可以点任何想吃的东西。”

“没错，就是这样。”

“但为什么要在法国料理店里点俄罗斯料理呢？我觉得这家店的大厨为了做出好吃的法国料理刻苦钻研了好多年。”

“你认识他？”

“怎么可能认识，要是认识还会迷路吗？”

“没事的，大厨什么都能做，日本料理也不在话下。”

说话间，小武哥哥端着啤酒和果汁走了过来，他说大厨表示有食材，可以试试看。

我问他："酸奶油也有吗？"

"你懂的东西不少啊，酸奶油偶尔会有。"小武哥哥微笑着说。

我们几个人干杯。爸爸一口气喝光了三分之二，脸和脖子马上变得通红，然后开始喋喋不休。他说到那个人参演的节目、周刊杂志上登的酒广告，还说家附近的伊藤洋华堂书店里最近摆了好多那个人写的书。爸爸还说，和书店的小姐姐说认识作者时把她吓了一跳。

那个人给我们点的餐被端了上来，白色盘子里盛着五颜六色的食物，小武哥哥打算向我们依次说明的时候，爸爸完全没听到，还在继续着无聊的话题。那个人给话被打断的小武哥哥使了个眼色，又为爸爸点了一杯啤酒。爸爸说完后，又一个劲地问那个人和明星见面时的感受，又问他觉得哪个明星最漂亮……那个人的表情从头到尾都没有发生变化，但是随着爸爸问的问题越来越多，我能感觉到他答的话越来越少。我不说话，只顾吃着小武哥哥端来的食物，很多东西吃起来黏黏的，那是肉还是鱼，是酸还是咸，我吃不出来。

小灯则一副对从没见过的美食激动不已的表情，手握叉子插向盘子里的食物，在我们面前大张着嘴，然后大口咬了起来。

我让她闭上嘴吃饭，她“啊”了一声，皱着眉头摇了摇头，然后把嘴里的东西又吐回到盘子里。

“干什么？”爸爸大声说着，马上用纸巾捂住了她的嘴。小灯含糊不清地说：“嗓子很痒，吃了这个。”说着瞥向爸爸。我看了看旁边，那个人笑着说：“是吗？看来不太符合小灯的口味啊。”然后扭头想招呼小武哥哥换个盘子，但是吃饭的人不知道什么时候多了起来，小武哥哥在给别的客人点餐，于是那个人举着手想要招呼其他人，目光在店里游荡，黑眼珠在白眼球中转来转去，脸上已经没有笑容了。我感觉他已经开始后悔请我们吃晚饭了。

爸爸大概想弥补小灯的不礼貌，对陆续端上来的食物一个劲地夸赞“好吃，好吃”“这可是珍馐啊”。红葡萄酒和麦茶都被他咕嘟咕嘟喝完了，被那个人问到味道怎么样时，他回答“这个酸味的很好喝”。

后来，那个人问了爸爸很多问题：爸爸的工作、经济形势、我们居住的街道。聊得一点也不起劲。爸爸净说些无聊的事，要不就是他们公司里的人才知道的专有名词和物流行业的专业术语。而且最重要的是，我觉得他们在回避关键信息，关于妈妈和小夏阿姨的事，他们什么都没提。

据说施特罗加诺夫炖牛肉比较花费时间，还没有端上来。

小灯因为刚才的事情有些沮丧，手放在膝盖上，握着弄脏的叉子，靠着红色皮沙发的靠背瘫坐在里面。

“不吃了吗？”

小灯没说话，用另外一只手揉了揉眼睛。

店里的灯光呈现出有点混浊幽暗的橘色，不知道是不是这个原因，我感觉小灯的脸色比刚进店的时候显得暗沉。

“小灯。”

她不理我，只是轻轻地呼吸，胸部上下起伏着。

“小灯。”我重新用清晰的声音喊了一声她的名字，把爸爸和那个人的注意力都吸引过来了。

“吃饱了吧”“睡着了吧”，他们胡乱猜测着。

“不对！”我站起来，走到小灯身旁，拿开她揉眼睛的手。只见小灯的脸完全肿了，细得像一条线的眼睛看着我，嘴巴大张，费力地呼吸着。我赶快把她的连衣裙裙摆卷起来，卷到打底裤上面。

“啊……”

“你在干什么？”

大红色的荨麻疹遍布在小灯圆鼓鼓的肚子上，像一幅世界地图。

“糟了！”我喊道。

爸爸吃惊地张着嘴。

“……是过敏！”

爸爸的脸瞬间冻住了一般。“食物里有虾或者蟹？”

“她对虾蟹过敏吗？”那个人的脸色也青了。

爸爸噌地站起来，抱起小灯。“真平，你，那个什么，药呢？”

“……爸爸，你没带吗？”

过敏的时候需要在大腿注射一种叫肾上腺素的药。妈妈自从知道小灯会过敏之后，不管去哪里都把药随身装在口袋里。

爸爸什么话都没说，伏在他肩膀上的小灯又一次张大嘴，发出了费力呼吸的声音。

“叫救护车！”那个人喊道。小武哥哥说广尾医院和日赤医院离这里不到十分钟的车程，店里的服务员跑出去叫出租车去了。

大厨从厨房里出来，摘下白色的帽子。秃头加上大胡子，他的脸像一幅上下颠倒的画。

“前菜里放了蟹酱。”

“之前为什么不告诉我们呢?！这里可有孩子！”那个人大声喊道。

小武哥哥立刻走过来，“我没来得及说。”说着低头道歉。但是在他深鞠躬前，爸爸的大手抓住了他的肩膀，让他抬起头来。

“没关系，是我忘记说了。”

爸爸边说边将手从小武哥哥的肩膀移开，伸向肥大裤子的屁股口袋，掏出四个角都破了的皮钱包。“那个，结账……”

“不用了！”

年轻的服务员姐姐告诉我们出租车来了。

于是爸爸回头看向我，说：“真平，你待在这里，我还会回来的。或者你自己回家？你自己能回去吗？”

我想说自己能回去，却快哭出来了，因为我想到小灯有可能会在我看不到的地方离开我。

“……不用，大宫先生，我送他回去。我送他。”那个人的声音从我背后传来。

爸爸说着“幸夫，那就谢谢你了”，像飞出去的橄榄球一般抱起小灯飞奔了出去。

我和那个人吃着刚端上来的施特罗加诺夫炖牛肉，奶油味确实很浓，可惜除此之外我没有吃出别的味道。

“好吃。”

“好吃。”

我和那个人都剩了一多半。

过了一会儿，爸爸打电话过来，说小灯的症状暂时控制住了，现在正在输液。小武哥哥和服务员姐姐都流下了眼泪，松了一口气。

走到店门口的时候，大厨把爸爸和小灯两人份的施特罗加诺夫炖牛肉放在餐盒里包好递给我们。“刚才真是对不起。”

他小声地道着歉。

我对那个人说自己可以回去，可他说："虽然你自己可以，但是为了我的面子就让我送你吧，拜托了。"于是我们两个人打了一辆出租车坐了上去。

在我们坐进去的时候，司机好像叹了一口气，然后向我们问好。听到我家的地址后，他确认了一遍是不是在埼玉，得到肯定答复后瞬间打起精神来，像变了个人一般说着"我明白了"，然后发动了汽车。

这是我第一次乘出租车行驶在首都高速公路上。

去年夏天快结束的时候，我们全家人去千叶海边一日游，回去的路上是爸爸开的车。那时候太阳还很高，我靠着小灯的安全座椅，神往地看着窗外移动的东京街景。偶尔大楼反射着夕阳强烈的光线，明晃晃的，刺痛了我的眼，被水母蜇伤的胳膊肘更疼了。妈妈半干的头发上飘来一缕淡淡的洗发水的香味。

夜里的东京街景就像发光的龙，有红黄色鳞片交错的胖龙，有身体蜷成一团的瘦龙。出租车加速，照亮公路的路灯和这些发光的建筑物一起向左右飞散而去，再也不会回来。

"小灯经常过敏吗？"那个人突然问我。

"我是第一次看到小灯这样。"

小灯第一次过敏发生在我三年级的时候，那次妈妈不用上班，我在学校，爸爸好几天没有回家。听说妈妈和小灯在家吃着中午在附近的便当店买的虾饭团时，小灯的皮肤突然红了起来，瞬间呼吸困难。妈妈是护士，在医院上班的时候见过有过敏症状的病人，但是看到小灯出现同样的症状后还是慌了。在救护车到来之前，妈妈好像很害怕。那次太恐怖了，妈妈向我们讲述了很多次小灯病发时的样子。

还有一回是在前年秋天。我和妈妈、小灯三个人去百货商店的自助餐厅吃饭，小灯说嗓子发痒。妈妈马上从包里拿出医生开的便携式肾上腺素，毫不犹豫地注射在小灯大腿外侧。我太害怕了，一动不动。不一会儿荨麻疹就退了，小灯也完全没事了。“妈妈不在的时候也要这样做哦。”妈妈教给我注射的方法，我也记住了家里药的位置。

但是“妈妈不在的时候”的意思，我完全理解错了。我以为是她没下班的时候、去购物和理发的时候、万一因为生病睡着了的时候、小灯长大后偶尔只有我们两个人出门的时候……我是打算在那些时候好好应对的，但是……难道现在就是那样的时候吗？不对吧。不对。“不在的时候”意味着妈妈还会再回来，妈妈并没有把“不在的时候”说成“不在了的时候”，妈妈明明没有这么说……

“叔叔在约你爸爸吃饭的时候应该问一下的。因为没有孩子，才没注意到这些。”

那个人向我道歉，但是我不知道该怎么回答。“因为我爸爸……不怎么做饭。”

“原来是这样啊。饭都是妈妈做吗？”

“是的。”

“你爸爸现在会做了吗？”

“会一点了。”

“做什么呢？”

“炒饭啦、咖喱啦，也做火锅。”

“很棒啊，好吃吗？”

“还行吧。”

“和妈妈做的不一样吗？”

“不一样。”

那个人笑出声来。“你妈妈做什么最拿手？”

“……炸薯饼和饺子什么的。”

“哦，这些是一下子学不会的。其他呢？”

“春卷什么的。”

“哦，春卷好吃吗？”

“嗯。”

那个人突然不说话了。我正在想接下来说妈妈擅长的哪道菜，突然的安静让我有些失望地抬起头来，看了看旁边那个人。他注意到了我的目光，说：“我妻子也很擅长做春卷。”

“妈妈说在学校的家庭课上学过。”

“真的吗？”

"小夏……啊，衣笠叔叔的……妻子……"

"就叫她小夏吧。"

"小夏，是妈妈的同学吧？"

"啊，嗯，好像是。"

"放豆芽吗？"

"豆芽？春卷里吗？好像有。放韭菜的话会很香哦。你妈妈放韭菜吗？"

"放的！"

是这样啊。我们两个人看着对方。

还以为自己吃饱了，结果说着说着口水就流出来了。但是我再也吃不到放韭菜的春卷了，那个人也吃不到了。

"那个……"

"嗯。"

"萤火虫之墓是什么意思？"

"啊？你很在意这个？没有什么特殊的意思。"

"特殊的意思，是什么意思？"

"跟你妈妈去世没有关系。我是知道了你和小灯的年龄差距后突然想到的。"

"你想到什么了？"

"……那个，你不知道《萤火虫之墓》吗？"

"不知道。"

“你没看过吉卜力的作品吗？”

“没有。”

“这样啊。那是一本小说的名字，讲了战争结束后一对兄妹的故事。”

“恐怖吗？”

“恐怖……嗯，有恐怖的地方，但不是恐怖小说。”

“难懂吗？”

“不难懂，但是文体上有点……怎么说呢……”

“谁写的？”

“一个叫野坂昭如的小说家。”

“比幸……比衣笠叔叔年纪大吗？”

“大很多哦！”那个人说完后突然问道，“等等，你们背后叫我什么？”

我不说话了。

“我都知道。你们不是还叫她小夏吗？”

我点了点头。

“无所谓啦。”幸夫说道。

进入玄关就是厨房。

不足半叠的水泥地上，放着红色儿童三轮车以及父亲和孩子们的鞋子，下脚的地方都没有。为了再放一双成年男人的鞋子，两个人不得不蹲下去整理。鞋柜被各种各样的鞋子塞满，其中还夹杂着成年女人的，只要拿走几双就能放下孩子们的鞋子，但是衣笠幸夫知道绝不能碰那些鞋子。

出租车驶下高速公路的时候，大宫阳一又打来了电话，说准备带小灯坐电车回家，希望衣笠能在家里稍微等一会儿，还说好不容易四个人见到面，就那样散场太扫兴了。幸夫打算拒绝，可是想到既然都已经送到这里了还把真平一个人留在家里，他又犹豫了。最终幸夫答应了，一旁的真平轻轻点了点头。像这样突然进入陌生人的家庭，幸夫以前从没有过。

四人餐桌上杂乱地堆满了水电费收据、学校和保育院邮寄来的文件、买来的真空包装食品和各种洗涤剂。厨房和起居室门框上端的横木被用作晾衣架，上面挂满了脱水后皱巴巴的衣服，显得十分凌乱。晾衣架中间部分已不堪重负，幸夫心想自己家也是这样。

房间还没有脏到发出恶臭的地步，但是很明显没有女人整理过的痕迹。幸夫拨开挂得满满当当的衣服，走进里面六叠大小的起居室，看到一个矮架子。架子上放着一个看起来崭新的小白木佛坛，旁边粉红色卡通老鼠形象的相框里夹着雪的照片，照片上的雪笑容灿烂。相框旁边放着一个儿童马克杯，里面有三根白车轴草，散发着一丝淡淡的青草味。幸夫想起了夏子那张漂亮的遗照被自己面朝上放在书房桌子边上，胸中突然一阵剧痛。

“我们家太乱了，真抱歉。”大宫真平一边伸手取下横木上挂着的衣架，一边难为情地说道。

低头合掌的幸夫抬起头来，摇摇头笑了。“比我家干净。凌乱意味着有生命力。”

已经快到五月了，可是起居室里的被炉还开着。第一次去别人家做客，比起挺直腰板坐在沙发或者桌子旁，反倒是这样把桌布掀起来将腿伸到被炉下面蜷缩着身子更自然，更能缩短和这家人的距离。已经晚上十一点半了，真平去厨房打开电灯开关，在柜子里翻找东西。“不用麻烦了。”幸夫说道。真平简短地回答了一声“没事”。虽然是极普通的事，但是真平做起来似乎有些生疏，大概是母亲在世时，他从没有为家里的来客泡过茶，不知道茶叶放在哪里吧。幸夫看到他跪在水槽下面的收纳盒里翻找，有些不忍，于是把目光投向了被炉桌上真平摊开的课本。

问题3　图1中钟摆绳每改变10厘米长度，测量一次钟摆往返的时间，得到的结果如图3所示。如果绳长80厘米，待重物静止时，通过几次最低点？请以整数作答。

“嘻——”幸夫不由自主地发出了声音。

他又打开了堆放在那里的其他课本，上面有圆锥分解图、令人怀念的钻石游戏盘一样的几何图形、小A和小B从X地到Y地需要几分钟到达、求圆心角150度的扇形面积等文字密密麻麻地填满了书页。幸夫完全不擅长理科，光是看看这些文字都头晕目眩。合上书看到了“大宫真平”的字样，明显是六年级小学生非常认真地一笔一画写下的，字迹远不及阳一在奠仪袋上面写的那般漂亮得令人惊讶。

真平用一个很大的托盘把两个没有茶托的茶杯端来放到

幸夫面前。茶杯中各泡着一小袋茶叶包，杯中的热水还没有变色。幸夫说了句“再等等吧”，然后松开盘着的腿。真平探出身子把幸夫面前堆积的课本都收了起来。

“真平，这都是你的课本吗？好难啊，你才六年级。”

“不是课本。”

“那是什么？是课外补习班的……”

“参考书。”

“你上补习班？报考学校了吗？”

真平欲言又止。

幸夫判断真平的成绩不太好，本想不负责任地鼓励说“努力了就行了，什么都尝试尝试，Let’s try”，但真平突然把这些书都装进了尼龙布书包里，说道：“我不能再去补习班了。”之后就没再说话，一动不动地看着茶杯杯底，茶水的颜色很淡。

“这样啊。其实学习无所谓，我长大后就没再被要求计算圆锥的体积了。”幸夫半开玩笑地说着。

真平抬起头盯着眼前的幸夫，神情严峻。

幸夫心想，自己的用词没有新意，孩子的瞳孔真的好纯净啊。他感觉到像针一样细的箭射向他心里那些糜烂的地方。同真平脸上的愁云惨淡正相反，幸夫觉得自己的身体里吹进来一股澄净又安静的空气，顿时轻松起来。他盘起腿，调整了一下姿势，身体稍微向外探了探。

不知道从哪里传来一阵微弱的仿佛秋蝉鸣叫的声音，接着叮咚作响的八音盒一般的声音在房间内回响起来。幸夫起初以为是真平的手机铃声，往横木上方眺望时发现墙上挂着一个钟表，表盘中间的小人不太灵活地舞动着手脚，告知十二点的来临。

幸夫深切地感受到，这里有的一切，自己家里都没有。

没有孩子的生活充满了令人难为情的、刺鼻的甜味。这个家就像一个精确的钟表，中心是妈妈，偶尔是爸爸，孩子们计时。所有的齿轮都精密地咬合，日子以看不见的速度在向前走，然而最重要的轴心歪了。

幸夫终于理解了真平所说的不能再去补习班的理由。

怎么办呢？幸夫注视着茶杯。茶水的颜色依旧很淡，就像南方的啤酒。“水是温的吗？”

“沸腾过了。”真平开口说道。

“水的沸点是多少？”

“一百度。”

“真厉害。”

“一点都不厉害。”真平终于笑了。

他们二人把嘴唇抵在茶杯边缘，一股草药特有的清凉感充满鼻腔。

幸夫重新看了看茶叶包的手持部分，只见上面印着“SLIM

HERB DETOX”的字样。他出声念出这几个字母，然后问真平：“这难道是你妈妈的……”

真平接话道：“啊，瘦身茶。”

“能瘦吗？”

“瘦不了。”

瘦身茶非常烫。

二人边吹着气啜饮边聊着天，不知不觉间茶水凉了，真平的眼皮重重地盖上了瞳孔。幸夫对他说“睡吧”，于是真平就地躺下，闭上眼，整个人都埋在了被炉里面，只露出脑袋。幸夫又说“会感冒的，去褥子上睡”，但是已经开始打盹的真平错以为是爸爸说的，不耐烦地“哼”了一声，然后就睡熟了。幸夫被一阵不可思议的感觉攫住了，四十多年的人生，第一次对孩子发出命令和催促。熟睡中的真平张着嘴呼吸，看到这一幕的幸夫一阵恍惚。待他喝光茶杯底部残留的金黄色茶水时，玄关的铁门锁孔发出了硬物摩擦的声音。

背着小灯的阳一在玄关门口用洪亮的声音说道：“真对不起。”衣笠幸夫连忙把食指放在嘴唇前发出“嘘”的声音。

此前幸夫和真平好不容易才整理好玄关放鞋的地方，但阳一脱了运动鞋很随意地甩到一边就走进了屋子。他看了一眼在被炉里睡着的儿子，依旧声音洪亮地说道：“唉，给你添麻烦了。我以为能早点回来的。”

“没什么，没什么。”幸夫摆了摆手。

因小灯平安无事而放下心来的阳一喋喋不休起来：“我不经常坐电车，所以在车站里迷路了。东京的末班电车真是了不得。工作人员体恤大家，使劲把一个女孩推进去，车门才勉强关上，然后不知道谁被车门夹住了，车门又打开了，门开之后又有人硬往车里挤。好不容易心情平复下来，又被中年男人们的屁股夹在中间，我听到有人小声抱怨。周围的人也都一副‘这么晚了还带着小不点儿’的表情，真冷漠啊。不是他们想的那样……”

“我明白，我明白。”幸夫说着，指了指睡着的真平和阳一背上的小灯。

阳一却笑着说：“没事，不会吵醒他们。”

阳一说得没错，两个孩子都睡得很沉，一动不动。真平的口水流到了地毯上，小灯的口水流到了阳一的肩膀上，黏糊糊的，湿了一大片。

突然，阳一不再说话，就那样背着小灯蹲下，盯着真平熟睡中的脸。“真的睡得很香。”说着，他用像戴着茶色手套的手背轻轻摸了摸真平滑溜溜的脸颊。阳一不再说话后，房间里只能听到两个孩子深沉的呼吸声。

阳一再三请幸夫住下来，可是被郑重地拒绝了。幸夫拜托阳一把他送到能打出租车的地方。

大宫家位于昭和后期开发的一片新城区边上，这个时候末班公交车已经停运了，在沉寂的白色街灯的映照下，马路上空无一人，住宅区几百扇窗户里也只有几户人家透出了光亮。

二人步行了十分钟左右到了大路上，看起来叫到一辆空出租车没有那么简单。幸夫被阳一催促着又往前面的国道交叉路口走了两步后，终于下决心问起真平上学的事。

阳一沉默了一会儿，反问幸夫："真平那小子对你说了什么？"

"他觉得不能再去补习班是不得已的事，因为要是他去上课的话，每周有好几天晚上小灯得一个人在家。"

"嗯，确实是这样。但是一码归一码，我说过我会解决的。"

"他的成绩应该还可以吧？"

"是的。要是成绩不好的话，他本人应该也就顺其自然了吧。"

"真平说，他是想上补习班的。"

"是吗？这世界上几乎没有喜欢学习的人吧？更何况是我儿子，我很怀疑难道没有遗传我吗？真奇怪。难道遗传了前夫的基因？"

"什么？你替别人养儿子？"

“不是啦，开个玩笑。他的确是我儿子。我和他妈妈交往的时候是异地，每隔两周见一次，他正好就是我们那次见面后的第十个月零十天出生的。”

“真平是个很认真的孩子。”

“但是呢，如果真的喜欢学习，那么上哪所中学都是可以的，我是这么想的。我没念过多少书，所以他才不愿跟我多说吧，但是非得去好学校不可吗？”

“你说得没错。我不是说非得去好学校，只是他本人喜欢。才那么大的孩子失去了妈妈，如果在其他方面也没有自由，未免太可怜了。”

“你真善良啊。”

“说什么呢，别这么说，不是的。”

“不，真的感谢你。小雪不在了以后，很多陌生人都在为孩子们担心，我很欣慰。哪怕别人夸他们可爱，我都能感动得流眼泪。一想到除了我自己，还有人能为他们着想，我就很感动。”

“这样啊。”

“但其实这样改变不了什么，因为有很多事情都乱了。不光真平，连我也是，小灯也是。我们三个人都一样。从这个角度来看是平等的。”

“我觉得这些他再明白不过……我说这话可能有些不妥，毕竟我们才刚认识……”

“不，他就是这种孩子，可为什么他什么都要憋在心里呢？要是我就大闹一场，把老爸打得站不起来。”

“很快就会变成这样。”

大宫阳一开始从事运输工作是在十八年前。

他十六岁就开始工作了。因为不学无术没有上高中，有一天在车站准备偷自行车时，被父亲昔日在钣金涂装工厂工作时的同事阻止，从那以后，他开始学习组装车，两年半后参加工作，拿到驾照，给运输公司跑腿，做些装货和分拣的活，第二年就开始驾驶中型卡车了。母亲在他八岁的时候去世，父亲酗酒成瘾时常住院，从那之后他就由祖母带大，但是十九岁的冬天，祖母也去世了，于是他对公司社长说想要离开那个伤心地，之后就远离故乡，来了现在的公司。后来他开始跑长途，整个单身时代就这样不断地跑来跑去，一个月回家一两次。他干的是体力活，现在不景气，钱没有那么好赚，但只要把货安全送到，还是有一定收入的。如果不吃喝嫖赌，还能存下钱来。此前身为护士的妻子一直在工作补贴家用，生活拮据，却也将两个孩子养得健健康康的。他们的积蓄可以供真平上补习班，甚至连以后上私立中学的学费都存出来了。妻子死后，公司体恤他，缩短了工作时间，但他还是经常不能回家过夜。他本想请熟人帮忙找一个早上出门晚上就能回来的工作，但还没有找到合适的。

“我觉得真平也很可怜。只比妹妹大几岁，却要担负起妈妈的责任，在我工作的时候要去保育院接送小灯，给她做饭和洗澡，所有的事都是他在做。现在他们的妈妈不在了，我得挑起这个担子，但我很笨，而且不能为他们未来的生活打基础。我也想过把他们先寄养在谁那里，但是我老爹很早以前就已经是个废人了，老姐又在乡下，而且从小就跟孩子们合不来……”

“那个……”

“我也去咨询过全托，但是花钱太多，而且这也不是一两天的事，还是没办法……”

“那个……要不我试着来照看吧。”

大宫阳一停下脚步，看向幸夫。

幸夫也停下来，迎向阳一的目光。“只要在家里看着就行了，对吧？每周两天，直到真平从补习班下课回来。”

阳一没有回答。

“从我家过来只用坐一次电车，而且只要有电脑，我在哪里都能工作。”

阳一依旧没有回答。

“不，我没有别的意思，只是突然想到了，而且我也能做到。要是得罪了，还请见谅。”

阳一目不转睛地看着幸夫，浑浊的白眼球里满是血丝，嘴角露出沾着唾液的黄色虎牙。

幸夫想起遗属见面会上的芒果男，顿时脊背发凉，汗毛倒竖。“我不是恋童癖！绝对不是！”

“幸夫，你是认真的吗？”阳一开口道。

幸夫就像接受讯问的小偷似的默默地点了点头。

“为什么呢？”阳一问他。

为什么呢——幸夫不知道该怎么回答，只是重复了一遍问题。想来想去，都找不到可以说的话。两个男人在车辆加速穿梭的马路旁伫立许久，很长一段时间里谁也没有说话。亮着灯的空出租车从他们身边一辆接一辆地驶过。

我

| 五月七日 |

在 S 站的环岛等公交车等了十分钟，在新城区的公交车站下车后迷路了，最后到达大宫家时比约定时间晚了十五分钟。真平已经到家了，我进门时他正站在厨房。

气氛有些尴尬，就像互相赌气的男女第二天早上醒来后的气氛一样，不同于之前那般和睦。双方肾上腺素飙升发生冲突的深夜和冷静下来后的白昼，完全不同。想来并不是真平拜托我来的，而是我们两个大人在他睡着的时候擅自决定的。至于他心里是怎么想的，我不知道。

就连出去送哥哥上补习班的小灯，也明显比在餐厅见面的时候显得冷漠。说来也是，一周之前在她吃了蟹酱发生过敏反应之前的几十分钟我们几乎没有好好说过话，最后以那样的方式散场，现在突然要来家里照顾他们，要是我的话就哭了。阳一倒是没什么意见，一开始我提议让一位女编辑陪我来，但是他说没有必要。其实我也不想对别人说起这件事，害怕解释专程去别人家里照看孩子的隐情。

餐桌上，小灯在吃真平买给她的中式盖浇饭。我觉得刚过五点就吃晚饭太早，但是等真平回来又太晚，于是坐在小灯对面的椅子上向她搭话。

“在吃中式盖浇饭吗？真不错。”

她没有理我。

“喜欢吃盖浇饭吗？”我又问道。

可她只是歪了歪脑袋，低头用粉色的小筷子扎向嫩玉米和鹌鹑蛋，发出吧唧吧唧的咀嚼声。以她这种速度，要吃多久才能吃完一大碗中式盖浇饭呀。

不能着急。在和孩子交流的时候，绝不能焦急。强迫他们接受只能起到反作用。于是我不再向她搭话，从包里拿出一本书看了起来。

“你不吃饭吗？”这回反倒是她开口问我了。

“嗯，我回家后吃。”我回答道。

她继续低着头吃中式盖浇饭，我们俩的对话也结束了。或许是我的回答让她不满意，或许没有东西吸引她的注意力，不到五分钟后她把中式盖浇饭留在餐桌上，走到起居室打开了电视。当地电视台的购物频道里明星正在喋喋不休地称赞一款手提包。她拿着遥控器换了几次台，最后又换回了购物频道，盯着画面。

我看不进去书。过了一会儿肚子饿了，面前放着的剩了三分之二的中式盖浇饭吸引了我的注意。我想着还是不吃了吧，但又好奇碗里的中式盖浇饭是什么味道，又不能突然对她吃剩下的东西下手……

过了一会儿，小灯站了起来，打开冰箱好像在找什么。我问她在找什么，她回答没什么。

“想喝果汁什么的吗？我去买吧？”

“不用了。”

“我想去便利店买咖啡，一起去吗？”

“不去，我要看家。”

一点也不可爱。不，是不熟吧。这很正常，嗯，很正常。我自言自语道。

便利店在马路对面。我想买点甜的东西回去，于是在点心区、零食区和面包区停留了将近十分钟，都快转晕了。肚子更饿了，其实买个便当什么的带回去就好了，但转念想到对小灯说过“回家后吃”，于是在店里胡乱塞了两个猪肉包子下肚。什么嘛！我就那么怕四岁的小灯说出“明明对我说不吃的，还是饿了吧”那种话吗？

回去的路上，我突然想起一件事，于是从塑料袋子里拿出刚买的酸奶、玛德莲蛋糕和大福，看了看包装背面的成分表，确认没有虾和蟹。

回到大宫家打开门，只见小灯正在起居室的电视前面跳舞，但是一看到我，她就不跳了。

她看了我一眼，若无其事地就地坐下。动画片主题曲正在有节奏地播放着，是我从没听过的歌。

我走进起居室，把买回来的吃的放在被炉上面，问小灯想吃什么。她的表情有一点变化，但是什么都没说，好像在犹豫。

“都可以，也可以选两个哦。”

沉默。

“不喜欢吃甜的东西吗？”

“这个。”她说着指了指酸奶。

“哇，你喜欢酸奶呀？”

沉默。

“光酸奶行吗？玛德莲蛋糕吃吗？”

“待会儿。”

“这样啊，你打算待会儿吃啊。但是两个都吃了的话哥哥会不会生气呢？”

沉默。

“我会保密的，这是个秘密。”

沉默。

我太傻了，还“这是个秘密”。

我又回到餐桌旁继续看书。没吃完的中式盖浇饭不知道什么时候被盖上了盖子。我看了看时间，六点四十分。真平还有三个小时左右回来。不会吧，时间为什么这样慢？

电视机里传出来的动画片声音很吵，我想请小灯把声音稍微调低一些，但是作为这个家庭的闯入者，我提这样的要求合适吗？

我忍耐了一会儿，计算着动画片结束的时间，然后询问道：“小灯，能不能把声音调小一点呢？”

她拿起遥控器按下电源关闭键。

“哎呀，不用关电视的。”我说。

她只说了一句“不看了”，然后从一个彩色盒子里拿出了绘本开始看。

这种情境下她所说的“不看了”，是“正想要关”，还是“那就不看了”呢？我不明白。好不容易安静下来了，我却不知不觉地走神了，书里的内容完全没看进去。也罢。

我打开电脑，打算继续写没写完的连载文章。唧——一个低低的声音响起，那个钟表小人叫了起来，九点了，补习班终于下课了。我往起居室看过去，只见小灯坐在椅子上睡着了。该怎么办呢？

之前真平耐心地告诉我，九点补习班下课，他会在学校附近的公交车站坐九点二十分发车的公交车，到达新城区的时间是九点三十五分左右，我九点二十分至二十五分之间出门向车站走就行。万一课时延长，或者真平在课后问老师问题没能赶上九点二十分发车的公交车，他会发信息联系我。

我把电脑放进包里，穿上外套，小心翼翼地唤了小灯一声，没想到她立刻睁开了眼。

“对不起得叫醒你。我们去接你哥哥，好吗？我听说你以前都和妈妈一起去接的。还是说今天要留在家里？”

“去。”

“嗯，那我们走吧。”

我把包放在玄关，锁好门，和她一起走出家门。

这是我第一次和一个四岁的小孩子一起走在夜晚的街道上。我本打算慢慢走，可她却啪嗒啪嗒地拼命向前走，好像故意不和我保持一个步调。从这个时候开始，她的气场就变强了。

我试着向她伸出左手。

第一次和女人交往的时候我都没有这样紧张过。大多数时候都是女人来牵我的手。我被惯坏了吧。

我伸出的左手被无视了，在空中停留了一会儿后，果断地用指尖轻触她的肩膀，叫了她一声“小灯”，她好像本来就打算这么做似的，把右手放进了我的手里。

她的小手软乎乎的，我就像握着羽毛，光凭手心的温度似乎就能使它融化消失，我掌握不好力度。

我放慢了速度。走到公交车站需要十二三分钟，对一个孩子来说，这一距离有点远。

当我们准备过马路去公交车站时，只见公交车已经到了。看到真平下车后，我下意识地松了一口气。真平看到我后也明显放下心来，虽然隔着马路，但是我感受到了。

“小灯，在家里怎么样？开心吗？”真平问妹妹。

小灯稍微想了一下，回答说：“开心。”

这是谎话，孩子也会撒谎，但我很感谢她这样说。

真平比出门前更开心，大概是又能回补习班上课的缘故，我倾向于这样认为。

我把他们送到玄关，没有进家，拿起包向他们挥手告别。“下次是星期四，对吧？”我说。

沿着来时的路返回。一个人很轻松，但是感觉街道比刚才暗了些。

| 五月九日 |

过了中午才起床。我给阳一发信息说今天过去，阳一马上就打了电话过来，声音很大，我不由得关小了音量。他嘱咐我，有任何事随时打电话给他，孩子们犯了错就使劲揍。我心想，如果我揍那两个孩子，一定是脑子出问题了。

我收拾好走到车站，在咖啡馆一边工作一边吃了虾肉烩饭，之后坐电车。如果再对小灯的晚饭产生食欲可就糟了。

我比前天早出门十五分钟，四点半就到了。给真平打电话，他说刚从保育院出来，没有骑自行车，要花二十分钟左右到家。

我先去了大宫家，用备用钥匙打开门。家里有一点臭，可能是垃圾。阳一明天才回来，水槽里放满了要洗的衣物，我应不应该洗？犹豫了一下，还是决定洗。

五点多时，门外传来了小灯大发牢骚的声音，气氛好像不太好。

“不可能一直和以前一样。便利店的菜单也是会变的！”玄关的门打开的一瞬间，传来了真平教训小灯的声音。

“怎么了？”

“小灯今天不知道要买什么，明明时间很紧。”

“今天买便当了吗？”

“我没时间做饭，去接她的时候就已经迟了，她还非吵着要吃之前吃过的鸡肉咖喱饭，真是不知道她怎么了，傻瓜。”

“别说我傻瓜！”

“学校放学迟了吗？”

“作业没写完。随便吃点吧，我走了。”

“你才是傻瓜！”

留在家里的小灯在玄关门口的地板上目送着哥哥出门，跺着脚喊道。完全不能想象她那么小的人居然发出了那么大的声音，我在里面都听到了。

我不知道发生了什么，但是兄妹俩可以在一个刚认识的人面前这样毫不掩饰吗？我也有过一段长时间的婚姻，但是我们尽量不在外人面前表现出不和，甚至面对亲近的人也不例外。不，正因为是亲近的人，所以才在他们面前佯装平安无事，不让他们有奇怪的猜想和担心。或许是因为我和妻子之间真正失去了和睦吧。以前能感受到稳固关系的时候到底是怎样的呢？那是太久之前的事了，我都想不起来了。血脉相连的兄妹之情果真更加牢固，还是仅仅因为他们还是孩子？

家里又变得沉寂下来。

小灯若是一个人在家会哭鼻子吧，但她用余光感受到了我的存在，于是懂事地控制住了感情。我看了看真平放在餐桌上的便利店塑料袋，里面是鸡肉松盖浇饭便当和杯装速食味噌汤。

我问小灯吃不吃便当，她不高兴地回过头来，跟平时一样歪着脑袋。

“今天想吃咖喱饭吗？”

沉默。

“就只想吃那种鸡肉咖喱饭吗？”

沉默。

“有盒装的咖喱，你想吃的话可以吃。在那里，是爸爸买了放在那里的，你吃吗？”

她沉默着点了点头。

机会来了。

我迅速转身，一副做饭老手的架势，往刚洗好的锅里哗哗地倒水，又拧开天然气开关打火，然后利索地从柜子里拿出咖喱盒，打开包装取出咖喱，对着成分表确认了没有虾和蟹之后，斗志昂扬地往还未沸腾的温水里放入咖喱。

之后就只剩等待了，只剩等待了哟。好吃的咖喱，开心的咖喱。是吧，小灯？有大人在就是好吧？对吧？对吧？对吧？

不知不觉锅里的水咕嘟咕嘟地煮开了，咖喱在里面上下翻滚着像在跳舞。

“接下来该怎么做呢？盘子用哪个？”

“没有米饭。”她悠悠地嘟囔着。

米饭。

“早上我们把冷冻饭吃完了。”

我掀开没有插上电源的电饭煲，里面空空如也。

想来我单身的时候经常做类似的事情。有时候懒得焖米饭，只好倒掉锅里的咖喱，最后出去吃。我应该做吗？会做吗？我连大米在哪里都不知道，也不知道怎么操作电饭煲，以及要花多少时间。

“小灯，你知道大米放在哪里吗？”我问。

小灯打开水槽下面的柜门，只见装有米的袋子袋口用晾衣服的夹子夹着。她把大米拿到电饭煲旁边，打开袋口。

我一动不动。“小灯，一般你们做几杯大米？”

“不知道。”

“小灯，大米的测量杯在哪里？”

“不知道。”

成长的关键是，对于自己不知道的事完全不觉得羞耻——我的高中老师曾这样说过。我们一起成长吧！只是，今天就算了。

鸡肉松盖浇饭便当里有米饭！我突然想到了这一点，于是打开便当的盖子，小心翼翼地把鸡肉松转移到别的盘子里，然后将热乎乎的咖喱酱铺在被汤汁染成茶色的米饭上。小灯依然一脸不开心，我知道孩子们最讨厌这种没用的世界观，而且直到这时我才想起来有盒装米饭这种东西。曾经非常偶尔地，夏子有要紧事的时候我看到过她把买来的盒装米饭放在微波炉里加热，然后拿出冒着热气的米饭，掀掉盖子，倒在小碗里吃。我自己从来没有接触过那种东西，也不知道哪里可以买到。可能便利店里面有，可是现在才后知后觉，已经迟了。

我一边吃着有些腥味的鸡肉松，一边问正在默默吃咖喱的小灯味道怎么样。她没有任何回应。女孩子的这种态度，我是了解的。她肯定在想，反正说什么也没用，只要你不多嘴，事情就会变简单，变顺畅，把一切都变得复杂的人总是你，吃亏的人总是我。她的潜台词是，你什么都别说就好。

小灯吃掉了三分之二的便当。她从柜子里拿出保鲜膜，不利索但是非常平整地盖好剩饭，放在桌子边缘。“我吃饱了。”她说完后朝我眨了眨眼睛，欲言又止。

“怎么了？”

“你去便利店吗？”

“不去……你想要什么吗？”

她不说话了。是想要白米饭吗？不对，应该是想要酸奶。前天有酸奶来着，今天呢？还有大福和玛德莲蛋糕。她可能是这个意思，想说只在第一天用食物诱惑我吗？得到我的信任后就没有了吗？真是个孩子。关系还没十分亲近就已经开始得意忘形了。适可而止吧，前天是前天，今天是今天——不，都是我不好，是我不对。大人就是这样，一旦看到一点好的苗头就期待同样的幸福持续下去，不然就会感到不满。幸福是不幸的种子。每天买酸奶倒是无所谓，只是这样用食物诱惑别人家的孩子好吗？这样下去关系亲近起来好吗？我在胡思乱想的时候，小灯默默地走到了起居室的被炉旁。

“每周一次，星期二，我给你买点心，作为每周一次期待的事，怎么样？”我想来想去，向她这样提议道。

她没看我，只是轻轻地点了点头，然后打开电视，好像是为了打断我可能会接着编下去的借口。

我想回家。今天才第二次来，但是我很想，回家。

我太小看孩子了，我终于承认了这一点，但已经太迟。我从没低估过和孩子一起生活的困难，对于生活在理性和秩序中的大人来说，孩子就是打乱日常规律生活的不可控的危险恶魔。正因为这样，我才选择了不要孩子的人生。但是我没有资格说什么理性和秩序，真实情况可能正好相反，我才是孩子王。为了这一生一直作为一个无法控制、任性、极端不负责任、危险魔鬼的代表活下去，我拒绝和一切同类物种共存。虽然极个别的时候，出于本能想要传递基因的想法会出现，但是从来没有落实。就算孩子出生，我也不会成为像别人一样的父亲，这一点是我基于这世界上的孩子王们引发的悲剧而得出的判断。我无法成为像别人一样的父亲。别人总说“总会有办法”，但这句话不能相信。这个世界上到处都是“总是没有办法”的人，我没有理由加入“总会有办法”小组。那些在没有办法的时候却说“总会有办法”的家伙都做了些什么呢？我并非不喜欢孩子，只是不想成为“不幸的孩子”的父亲。夏子说和我的想法一致，就算不生孩子也没关系，她没有像世间别的女人那样因为没有孩子而哭哭啼啼，也没有说过一句让我陷入窘境的话，可嘴上说着没关系的她心里是怎么想的呢？

前天在电视上出现的明星正在前天看过的频道里讲解女士塑身内衣优越的伸缩性能。小灯目不转睛地盯着电视屏幕。

我调整好情绪，打开电脑，从文件夹里打开一个没有写完的文档。此前我接了出版社一个关于“印象深刻的旅行”的约稿。

我努力写了几行，前天播放过的快节奏动画片主题曲突然钻进了我的耳朵。

呷噗、呷噗、呷噗、呷噗、啰——哩——

呷噗、呷噗、呷噗、呷噗、啰哦哦——哩咿咿——

我向前看去，只见小灯抱着膝盖坐在电视机前，一动不动。其实平时她是边看边跳的吧。我想对她说“想跳就跳吧”，但是她听到后反而更不会跳了吧？音量和前天一样大，不过我今天带了耳机来。很可惜，孩子和大人的耳朵感受到的令人心情愉悦的音域和频率不同。我把耳机插进电脑，打开音乐播放器，选择了最能让自己安静下来的适合写作的音乐。

小灯趴在桌子上，突然摘下了我的耳机。“哎，还不走吗？”

“哎？几点了？”

“九和十中间的四。”

“哎？哎？哎？”

我抬头看向横木上的钟表，正好九点二十。糟了，再不走就迟了。我来不及收拾桌子上打开的电脑和资料，和小灯一起出了门。

不知不觉我就全身心集中在工作上了。虽说戴了耳机，也不至于连钟表里的小人报时都没有听到。两个多小时心无旁骛地思考、写作，这样的状态已经很久不曾有过了。

今天我们从开始就拉着手一起走路。小灯站在玄关正要穿鞋的时候伸出了手，我也就很自然地握住了。

因不幸的事故失去了母亲的四岁小女孩竟和一个没见过的男人手拉手走在寂静的街道上，这一幕还是被新城区的居民看到了。

迎面驶过来两辆自行车，我们两个拉着手，只好靠边走腾出地方。两个主妇一前一后说着“抱歉”从我身边驶过，就在擦身而过的那一刻，刹车的声音响起。

“小灯？”身后传来一个主妇的声音。

我们停下脚步，向后转身。

“是小灯吧？晚上好。”

“晚上好。”小灯小声地回应。

“哎呀，我还以为是谁呢。”前边的主妇也插话道，两只脚蹭着地，掉头回到了我们身边。“怎么样？过得好吗？没有生病吧？”

“爸爸好吗？哥哥呢？”

“和哥哥一起去保育院了，对吧？早上我看到了。两个人真努力啊，真棒。”

两个人的自行车里各放着一把网球拍，她们跨坐在自行车上，一唱一和地说个不停，同时不忘寻找机会“盘问”我。

“多谢二位关心。”我开口说道，微笑着向她们致意。但是她们没有回应，只是充满戒备地盯着我。我嗓子一阵干涩，觉得得说些什么。“……那个，我们打算去接小灯的哥哥。”

“辛苦了。我们之前见过吗？”

“没有。”

其中一人的大腿很粗，快把穿着的七分裤都撑开了，胳膊上布满硬邦邦的小疹子。两个人的身材都非常壮硕，令人胆怯，如果她们一起踢打，瞬间我就会被她们制伏。

“那个，嗯，我是……”

手机，手机，给阳一打电话。

手机，手机，忘带手机了。

“是爸爸的表亲。”小灯突然说道。

“表亲？是表亲吗？”

“嗯，他叫幸夫。”

“是的，我叫幸夫。”

我们继续赶路，两个人第一次一起笑了起来。

“厉害、厉害，你真聪明！”我发出连连赞叹。

小灯说："这是大家一起决定的。"

据说为了在向别人解释我们的关系时不至于惹人生疑，大宫一家之前专门为此进行了一次谈话。令人敬佩的风险管理。

公交车很快就来了。给真平讲述了这些事后，真平大笑着说："已经派上用场了吗？"

和前天比起来，今天车站和大宫家之间的距离好像缩短了。

回到大宫家，我正收拾东西准备离开，阳一打来了电话。对他讲了这件事后，听筒里传来他大笑的声音，快要把扬声器都震坏了。不可思议的是，阳一和真平大笑的方式很像。

阳一说那两个主妇是小雪在町内会垒球部的队友。"不是网球部？"我问。阳一说垒球部的人数锐减导致解散，之后她们又约小雪一起打网球。我突然注意到，玄关的鞋柜上面立着一把崭新的网球拍。

"她们人都很好。"阳一说。

"我也这么觉得。"我说。

浴室的门敞开着，真平正在里面用海绵擦洗浴缸。用淋浴头冲洗完浴缸后，裤腿还卷着的他从我身旁走过，从冰箱里拿出速食乌冬面放进微波炉，然后开始收阳台上晾晒好的衣物，收好后喊了小灯一声。

小灯从哥哥收回来的衣物中找出自己的小T恤和下装，按照一定的方法叠了起来（虽然不太整齐），然后一点一点地搬运到里面的榻榻米卧室里。

叮，微波炉响了。

我对阳一说准备回去了，又问他要不要换孩子们接电话。他说正在忙，待会儿再打，说完便挂断了电话。

真平从微波炉里拿出热气腾腾的乌冬面，看到了饭桌上吃剩下的咖喱饭。“这是什么？”

我为自己擅自做了咖喱饭并变成了面前这副样子向真平道歉。“我不知道做米饭需要倒几杯米，而且最重要的是我不知道可不可以擅自做饭。”

“一般做五杯。”

“五杯啊……”

“剩下的放在这个盒子里，冷冻起来。”

“你真厉害。”

“开关是这个键，要是想快点就按这个键，二十分钟就能做好。但是不着急的时候，还是应该让大米充分在水中浸泡。还有，洗大米的时候不要用这个锅，用盆。因为听说里面的涂层会脱落。”

“哦。”

“其他还有什么吗？”

“呃……我还是应该做大米饭的，是吧？”

“难道不是这个意思吗？”

真平吃着乌冬面，小灯也把吃剩下的咖喱饭放到微波炉里加热，之后坐在哥哥旁边开始吃。吃到一半时真平去关了一次洗澡水的开关。我好像错过了回家的时机，一直坐在旁边，直到他们二人吃完饭。离开大宫家的时候已经过了十点半。

真平说，做完学校留的作业之后，两个人依次泡澡，接着小灯睡觉。妈妈不在了之后，生活的重担全都结实地压在了两个人单薄的肩膀上。

三个月之前还完全想不到如今会变成这样的兄妹俩这般努力生活，与其说是因为以前养成的习惯和所受的教育，不如说是在怀念妈妈在世时的那种坚不可摧的生活方式吧。他们不想丢失和妈妈共同生活过的记忆。我有多久没有泡过澡了？我生活的记忆呢？

我坐上十一点的末班公交车，到家时不到一点。我有些饿，不知道为什么很想吃速食乌冬面，于是专门去了便利店，却没有找到类似的食物，什么都没有。

| 五月十四日 |

今天两个人也回来晚了。我从大宫家的阳台往下看时，看到兄妹俩拉着手正往家走来。真平背着双肩包，应该是放学后直接去保育院接了小灯。

我打开玄关门，真平马上该去补习班了。听说他们要决定下个月修学旅行的负责人，所以放学晚了。我伸手接过他手里的超市购物袋，送他出门后，把袋子里的小菜摆在餐桌上让小灯吃饭。

不可思议。今天我第三次来，她却理所当然地吃起了我递过去的食物，虽然不是我亲自下厨做的。和第一天吃中式盖浇饭时相比，她递给我筷子的方式都明显不一样了。然而让她对我敞开心扉还为时尚早。他们只是很快接受了别人的保护而已，和那个人是谁没有关系，是不是我都无所谓。

小灯一副什么都不想吃的表情，却大口吃着炸薯饼，还问我："你不吃吗？"

"嗯，今天我在车站口吃了拉面过来的。"

小灯沉默片刻后说道："我也想吃拉面。"

"想去吃拉面？我可以带你去，但是要和爸爸商量一下哦。爸爸要是同意，我下次带你和哥哥一起去。"

"什么时候？"

"嗯，尽快。"

"什么时候？"

"还不知道，还要和哥哥商量。"

"嗯……嗯……嗯……嗯……"小灯欢快地跺起脚来。

和我一起去拉面店就那么开心？不对，是去吃拉面开心。

六点左右我开始工作，中途去厕所的时候，看到小灯在起居室里涂画。我走过去仔细看时，她两手把画遮住了，不让我看。“那你画完再给我看吧。”她还是说不行。我从厕所回来继续工作的时候，她自己拿着画走过来要给我看。

我该说什么？“哇，你涂得真好啊，颜色真好”之类的吗？我没夸奖过孩子，不知道怎么说才好。她的画里，猪是黄色的，熊是黄绿色的，地面是粉色和橙色的，颜色非常跳跃，用色在我这个不懂绘画的人看来都十分大胆。虽然她还是个孩子，但是很认真地注意不把颜色涂到绿色的线外，很少有涂抹不均匀的地方。但是该怎么说呢？

“能感觉到你非常专注认真，我觉得你的作品非常生动，兼具细致和大胆，这么说很没新意，你能懂吗？”

自然，她什么都没说。我那样说她怎么可能懂呢？

“嗯，就是说你是怎么想的呢？比如这边，你的涂法……”

我接下来的感想也十分抽象模糊，而且还有点跑题，小灯却听得非常认真。不管她能不能理解我所说的话，大概能明白我在由衷表扬她。“你再去涂别的画，涂完后拿来给我看。”她一直紧紧靠在我旁边听我说话，没有对我笨拙的评论置之不理。

之后我又继续集中精神工作。九点的时候，钟表小人跳出来报时，我打算试着擦洗一下浴室。一想到这样做，真平回家后就能减少一项工作，我拿着海绵干活的手也轻松了起来。但转念又想，既然有帮别人减少工作量的工夫，倒不如好好做自己的工作，今天回家以后我也擦洗一下家里的浴室吧。

出发去接真平之前，S出版社的林打电话来，说要确认一下今天白天发过去的稿件修改过的地方，我从包里拿出原稿和他核对，挂断电话的时候快九点半了。小灯已经在玄关等我，我向她道歉后，慌忙穿上鞋出了家门。她把右手伸了出来，我用左手拉着，一个微弱的声音响起。

我松开手，里面有一把自行车钥匙。

我跟着小灯走到自行车停车场，骑上她妈妈的女式自行车，两只脚支撑着地面。小灯爬上后座，戴上自己带来的大红色头盔。

两人同骑一辆车，我已经忘记上次这样做是什么时候了。落榜那一年曾经带着一个姓纪井的女朋友在故乡的河边骑过车，自那以后好像就没有了，不知道听谁说纪井生了四个女孩。

这是我第一次骑自行车带孩子，一开始完全无法掌控，但是骑着骑着就掌握要领了。

不知不觉小灯已经紧紧抓住了我的侧腹，她的手太小了，我有点痒。不知道为什么我的鼻子一酸，真是单纯啊我这个人。拿到女人家里的备用钥匙时我都没有哭过，不，如果我是那种场合能哭出来的男人，我的人生可能会更加健全吧。现在我却感到，只要骑着小雪的这辆女式自行车，就能再去一次别的地方。我打算跟他们商量一下，以后要骑着这辆车去保育院接小灯。

回程的路上，小灯坐在后座上，我推着自行车，同往常一样和真平肩并肩走着。真平周日考试的成绩好像不大好，因故休息了一阵子，没想到已经落后很多了。

“之前还在前二十名的。”

“这次呢？”

“……不想说，说不出口。”

“没事的，我不懂怎样算厉害怎样算不厉害。”

“那我是被迫和你说的。”

“可别这么说，第几名？”

“五十八名。”

“一共多少人？”

“二百人。”

“嗯，我不太懂，这二百人都是什么水平？要都是能上东大、哈佛、剑桥这种学校的削尖了脑袋的学生，那你就是非常非常厉害的。”

“削尖了脑袋是什么意思？”

“就是为了生存下来激烈地竞争的意思。”

“我上的补习班里，能考上御三家的只有五个人。”

“御三家？野口五郎？[1]”

“那是谁？御三家是开成、麻布、武藏，你不知道吗？”

“哦，是这样啊，我不太了解。”

我大学的班级里，只有一个人是从开成中学考上来的，当被别人问起母校时，他露出了十分厌烦的表情，后来听说他的朋友都去了东大。那时候我才第一次了解到那个学校的水平。

“我是在外地上的学，人很少，进入社会后也没有遇到过因为自己上的中学而沾沾自喜的人。如果有，那人一定相当不正常。”

“去哪里上学都一样？”

“我没这么说，只是想到了那个开成毕业的聪明家伙也挺好。”

那个同学对国外的小说和音乐很了解，谁都不是他的对手。音乐只要听一遍，小说只要看一遍，他就能记住其中的细节、句子和情节发展，令我惊叹不已，连忌妒都抛之脑后。

“要是和这样的孩子们在一起，自己看到的世界也会发生改变。世界、宇宙什么的会倏地近在咫尺，微观世界、宏观世界，还有很多东西都能慢慢看见了——你想看吗？”

“嗯。”

---

①野口五郎、乡广美和西城秀树是20世纪70年代日本当红的男明星，并称“新御三家”。

“我觉得很好。只有那些有能力看到其他人看不见的东西的人，才能让世界进步。”

“我想看。”

“但是也并非能看到全部。选择一些的同时，必然会失去另一些。开成中学有女生吗？你有可能失去观察女生胸部长大的过程哦。昨天还是平坦的脊背，突然有一天白衬衣里出现了一条内衣带子的形状，你可能会变成无法体验那种感动的大人。”

“那种东西不看也罢。”

“又来了又来了。”

“讨厌。”

“你现在可能这样想，但是等你长大了，开始厌烦自己曾憧憬并且已经得到的东西时，你就会明白的。”

“什么意思？”

“自己曾经不屑一顾的东西里其实有很大的世界。”

“不屑一顾是什么意思？”

“就是觉得它没什么大不了的、让你小看的东西。当你想看那些看不见的世界时，就会失去那些本来能看到的世界。比起世界的进步，好好看能看见的世界其实更难。”

“我不太明白。”

“也是，我也不太明白，不说了。总之呢，以后就由我去保育院接小灯，你就别去了。而且如果需要，我也会做米饭，你就好好学习吧，那样成绩就能上去了。”

“哎？那我怎么对保育院的老师解释啊？”

“就说我是你爸爸的表亲，一直受到你爸爸的关照。”

“哎，太奇怪了。最近对安全的要求很严格的，大门口还安装有摄像头，和我们那个时代不一样了。”

“哈哈，我们那个时代吗？这也不奇怪吧，让小灯说我是表亲就可以了吧？”我看向自行车的后座，小灯斜着身子睡着了。

十二点半到家。喝着啤酒，漫无目的地看着深夜电视节目，没有工作。

| 五月二十一日 |

起床时已经快到中午了，一点左右出了家门。下了电车，在S站口的超市里买了小菜。从今天起我在大宫家吃晚饭。关于伙食费，我和阳一争来争去的结果是他付一半我付一半。现在也有很多男人去小菜卖场，有推着婴儿车的年轻爸爸，还有把身体靠在超市购物车上的老年人，我看起来像是属于哪个群体呢？想着想着，我不禁收紧腹部，挺直了脊背。

坐上公交车，我看到隔着走廊另一侧的座位上，一个五岁左右的小女孩枕在妈妈的膝盖上。车启动后不久，我感觉有东西在缓缓挪动，只见那个小女孩跨坐到妈妈的膝盖上，像个婴儿一样把脸埋进妈妈的胸里，还用一只手用力地握着妈妈的乳房。一瞬间我们视线相交，她用锐利的目光斜瞪着我，像在宣示领地一般，然后又把脸埋进了妈妈的胸脯。

我很困惑，因为从来没有想象过比她身体还要小一圈的小灯握着小雪的乳房、并把整张脸埋进去的场景，我以为她们已经长大到不做这种事的时候了。我很想直接去问她："你很特殊吗？"其实并不特殊，这种事很正常。我可能会说："你都这么做了，小灯也是一样的，正是想撒娇的年纪，只是她在我面前不表现出那一面而已。"到了新城区的车站，我下了车，小女孩从妈妈乳房一侧露出一只眼睛盯着我看，那目光像刀子般锐利。哼，和她相比，小灯可爱多了。

大宫家里没有人。阳光很好，我打开了窗户。不知道从哪里传来了吹奏竖笛的声音，是《雪绒花》，还不太熟练，大概是小学生吹的。还有两个多小时才去保育院接小灯，我边哼着歌边写文章。四周太安静了，我差点睡着。

四点钟，钟表小人报完时后，真平放学回来了，为我画了去保育院的地图。我带着地图早早地骑着小雪的自行车出发了。我迷了路，拿出真平画的地图对照了一下，却越发混乱了。路上我向不同的人问了四遍路，其中有三个人不知道保育院在哪里，而我居然也回答不上来就在家附近的保育院的地址。

我在附近转来转去，后来终于找到了。多亏昨天阳一向老师解释了我们之间的关系，当我在门铃前说"我是来接大宫灯的衣笠”后，门锁顺利地打开了。

我走进去，站在孩子们的鞋柜旁等候。不一会儿，孩子们陆陆续续地走了出来，被早已等候多时的妈妈们领回了家。当然其中也有爸爸，他们互相大方地打着招呼，“你好”“再见”，看起来像是工作的人赶时间，站着说了几句就三三两两地离开了。我努力装作父亲的样子和别人寒暄，他们没有把我当成可疑人物，向我回打了招呼后我才放心。

我之前觉得妈妈这种群体拥有洞察一切的感知能力，就像她们能够瞬间感知到讨厌小动物的人一样，也能分辨出“不是父母”的人，然而看起来并不是百发百中，太好了。就在这时，小灯从里面出来，沿着走廊朝我走来。她知道今天是我来接，表情还有一点害羞。我喊了她一声，冲她挥了挥手。待她走到我面前，我伸出手，被她的右手握住了。嗯，真是可爱。

这时，旁边站着的一个妈妈亲切地向小灯打招呼：“小灯，你好。”

我也用饱含亲切的目光微笑着看向她。

“今天是爷爷来接？真好啊。您好！”

头晕目眩。

居然被当作爷爷，还是被当成可疑人物更好一些。

我二十岁的时候生了孩子，孩子二十岁的时候又生了孩子，现在孙女六岁了。真棒。我居然已经迈入有孙辈的年纪了。但就算退一百步讲，我看起来像这孩子的祖父，但是怎么可能是小雪和阳一的父亲呢?!

“不是爷爷，是表哥。”小灯说道。

“表哥？”

小灯，不对啊，你应该说是“爸爸的表哥”才对，因为我的人物设定就是这样的。如果正确的信息不统一口径，会越来越可疑，以后来接你就麻烦了。

就在这时，一个年轻的女老师从里面的教室走了出来，喊了我的名字。令人惊讶的是，她喊的是我的笔名。

“请问是津村启先生吗？”

“啊？嗯……”

“您好，我是您的粉丝，也去看了电影。”

“电影？”

“嗯，就是那个《坠落的法律》。”

“是《坠落的法则》吧？”

“对对，就是那个。冈P超级帅。哇，小灯好厉害。真好。”

饰演冈P的男明星比我小说中设定的主人公小一轮，但是很努力，最后电影失败倒不是他的错。我也不想再回想那些事。

女老师特意把其他大概完全没看过我书的老师们召集起来，大家一起拍了一张合照。刚才那个认定我是小灯爷爷的女士和她的孩子也一起入镜了。

要回去的时候，院长向我道歉。“遭遇了那样的事一定很痛苦吧，我们还这样给你添麻烦，真是太抱歉了。”院长让我想起了自己上幼儿园时的园长，她长得和明星京呗子简直一模一样，那时四十多岁，十分妩媚。不，在其他孩子眼里，她几乎就是京呗子本人。

我带着后座上的小灯，沿着住宅区的街道往回走。虽然没有迷路，但是走到一半时有一段很长的上坡路，我感觉大腿仿佛快要撕裂，于是抬起屁股继续骑。我的身体前倾，因此全身的重量都压在了踏板上，上坡还没上到一半，踏板却动不了了，车把左右摇晃得厉害，非常危险，眼看就要摔倒了。小灯害怕地叫了起来。于是我放弃了，从车上下来，还喘个不停。

“怎么了？”

“什么怎么了？我骑不上去，何况还带着你。小灯，你确定是这条路吗？妈妈以前走的也是这条路？”

“嗯。”

“妈妈从哪里下车推着你走？”

“妈妈不下车。”

“因为她在垒球部吗？”

拖着已逾不惑之年的躯体，我打算今后也继续上这个坡。回到大宫家后，我站在镜子前面侧着身子查看屁股肌肉上还有没有坑，结果什么都没有。到卫生间里摸了摸，和婴儿屁股一样柔软，这样下去可不行。

我们到家时真平已经出门了。听说小雪在世时，真平总是会提前出门去补习班和朋友聊天或者问老师问题。五点多，小灯跟我一起量好大米，在盆里淘米，按下电饭煲的开关。真平让多泡一会儿大米，但还是下次吧。

六点，饭做好了。打开买来的小菜，我们两个人吃起了晚饭，有炸肉饼、土豆沙拉、筑前煮、杯装味噌汤，米饭也还算好吃。小灯正吃着，突然"啊"地叫了一声，表情扭曲了，大张着嘴，嘴里咬碎的食物清晰可见。她怔怔地，和在麻布十番餐厅吃饭的时候一样。我不知道她的药放在什么地方。不会吧，我竟然会在玩过家家游戏的时候眼看着别人的孩子死亡，这个玩笑可开不得。最近的医院在哪里？叫出租车需要说明这里的地址，可地址是什么？我正惊慌失措的时候，小灯咕咚一下咽下嘴里的食物，边说着"好疼"边做出一副要哭的表情，还用手指撑开嘴让我看里面。漂亮的桃红色脸颊内侧的黏膜上有一道几毫米的红色咬痕。我气力尽失地瘫在那里。小灯又吃了起来。

吃完饭，不想站起来，于是我们两个人一起看"呷噗呷噗啰哩"，一个关于飞鱼啰哩和呷哩兄弟俩的冒险故事。故事中，章鱼妈妈失踪了，兄弟二人合力帮忙寻找，原来章鱼妈妈落入渔夫布下的牢笼，无法逃出。看到这里我还以为是一出兄弟俩使尽浑身解数救出章鱼妈妈的痛快越狱剧，可没想到它们连连失败，还是没能打开笼子。章鱼妈妈告诉笼子外的小章鱼，要借助身边其他人的力量好好活下去。最后笼子被渔夫拉出水面，三十分钟的剧情意外地残酷。章鱼妈妈被拉上去时对小章鱼说：“你要像我爱你那样去爱身边的人”，不禁令人落泪。可是这对小灯来说会不会有点残忍呢？

她注意到我在胆战心惊地看她后，轻描淡写地说道：“小章鱼真可怜啊。”

“对啊。小灯，吃章鱼小丸子吗？”我回应着她，总算放下心来。

吃完饭后，我洗碗，小灯用抹布擦碗，我们边收拾边哼着“呷噗呷噗啰哩”，还发出类似约德尔唱法的假声。我很开心。

七点半，我开始工作，这时阳一打来电话，说本来打算深夜回来，但计划有变，现在已经到了埼玉县境内。原本打算由我做晚饭，真平清洗浴缸，但听到阳一要回来，我就像刚结婚的新媳妇，突然来了干劲，麻利地把浴缸也洗了。阳一在回来的路上顺便去公交车站接上了真平，父子俩快十点到的家。当他知道我已经烧好了洗澡水后，睁大双眼一副感激的样子，听说我连米饭也做好了，更是泪流满面。我被他吓坏了。

后来阳一在起居室的佛龛前跪下，从便利店购物袋里拿出一瓶营养型饮料放在小雪的遗照前，突然沉默着闭上双眼双手合十。我有点坐立不安，开始收拾东西准备回家，却听到真平说“爸爸买了你喜欢的红酒”。没法置之不理，我只好留下了。

真平在吃晚饭，我们坐在他身边，嚼着三角形再制奶酪准备喝酒。阳一嚷着“一千块钱呢”，这智利红酒非常好喝。想来上一次我们四个人这样聚在一起还是在麻布十番的餐厅。小灯像小猴子似的在阳一的后背和肩膀上爬来爬去，抓他的脸颊和额头。阳一滔滔不绝，我也没有落后，虽然没有说太多，但也说了各种各样的事，孩子们也说了不少话。真平告诉我小灯过敏发作时用的肾上腺素的存放位置和使用方法，小灯对我搁置了吃拉面的计划耿耿于怀，告诉了大家我在幼儿园被误认作她爷爷的事。后来她怎么都不肯去泡澡，最终被阳一扛在肩膀上带去了浴室。餐桌上突然安静了下来，我问真平在补习班学了什么，他说今天的试题里有关于地层的问题，他只能答上来三分之一。浴室里传来悬疑剧里那种巨大的悲鸣和吵闹欢笑交杂在一起的声音，这就是亲爸爸的威力吧，和我只能达到一起唱“呷噗呷噗啰哩”的程度。

错过了末班电车。其实每隔一个小时，钟表小人都会出来报时，所以我是知道时间的，只是不想一个人走夜路回家罢了。两个孩子睡下后，阳一宛如决堤的洪水一般开始谈起小雪：她是如何一路轻松骑上那条就连阳一都觉得吃力的坡道的，她会因为什么事夸奖或训斥孩子们和阳一，她喜欢的食物和调味，她家的事，她的家人，还有相差九岁的两人十二年前是如何相识的……

据说当时二十四岁的阳一从货车上卸货时发生了意外，右腿骨折，被送进医院后遇到了身为护士的小雪。第二年小雪怀孕，他们结婚。

“你可真行啊！小雪的爸妈同意吗？你比她小那么多。”

“没想到他们很喜欢这一点。小雪在第一次婚姻里因为怀孕受了不少苦，她的体质本就不容易怀孕，但又很想要孩子，千辛万苦终于怀上了，前夫却在孕期出轨了。”

“原来是这样啊。真是个人渣。”

和我一样。

“我也想去杀了他。”

忐忑。

“然后就离婚了吗？孩子呢？”

“听说十八周的时候流产了，多可怜啊。小雪说那个孩子是考虑到她的将来才去了另一个世界的。要是生下来，现在差不多上高中了。”

“这样啊，那她爸妈应该很乐意见到你们在一起吧？”

“就是和岳父的关系不太融洽。”

“那怎么行，要是我就一蹶不振了。”

“第一次见面就那样。”阳一无忧无虑地大笑着说道，然后突然把话题转移到了我身上，“你和小夏是同学吧，大学的？”

“是的。我比她大一些，我们在大学认识的。”

“但正式交往是在小夏成了理发师以后，对吧？”

“你知道得挺清楚啊。”

“我听小雪说的。那时候你还没有开始写小说。”

“嗯。”

“听说你从出版社辞职决定当小说家的时候，你们的母亲又哭又生气。小夏真不容易啊。”

“没有吧，我岳母是亲戚里第一个看我书的人。”

“不，我是说你的母亲。听说小夏一个人去了你父母家里说服他们。”

“我怎么不知道？”

“不是吧！听说你们结婚之前，你母亲让小夏保证绝对不同意你写小说。后来小夏因为这个被骂得很惨，可她还是笑了。”

“那个人这样跟你们说的？”

“是啊，这是听小夏说的。”

过了一会儿，阳一关好小灯卧室的门走了出来，口袋里揣着一本相册。

相册里是他们在河边烤肉的照片：一手抱着比现在更小的小灯、另一只手拿着夹子正在烤肉的夏子，和真平打羽毛球的夏子，和孩子们坐在一排冲着镜头扮鬼脸的夏子……开什么玩笑啊！我超级忌妒！

夏子有没有邀请过我来大宫家，或者提议邀请大宫一家去家里做客呢？我确实断然拒绝过几次，但至于是什么样的邀请，我一个也想不起来了。不过如果当时她说的是要和朋友一家人一起烤肉什么的，我应该都下意识地拒绝了。我不想被别人问起工作和现状，因为不知道什么时候书就卖不出去的想法总是盘旋在脑海里，一想到要向别人解释以写作为生这种危险的事情，我就会忧郁起来。不管是他们非常感兴趣的事还是完全不感兴趣的事，都让我忐忑不安。夏子那时候应该也放弃了要把我带到她的世界里的想法了吧，她不想带着我这个拥有丑陋自我意识的大块头走路，觉得很麻烦，于是就放手了。

我主动拒绝了夏子的世界，但还是被她世界里的明亮击垮了。在我所不知道的那个世界里，生活充实的夏子令我黯淡。通常在这种情况下，丈夫应该笑眯眯地为妻子感到开心，但是夏子的笑容让没出息的我倍感讽刺。夏子从来没有拿着这些照片在我面前炫耀，不，她连看都没让我看过，这才正是讽刺的地方。她可能想说："我在你不知道的地方一切顺利呢。"和我母亲之间的谈判也是这样。她确实在背后默默支持我的事业，但这件事让我感受到更多的是我们两个人之间的沟壑。我感到很生气，她没有告诉我这件事，而是在别人面前滔滔不绝地说着从不和我说的话。对于大宫家的人来说，我也只不过是他们喜欢的小夏的替代品而已吧。

我和阳一看着照片，话越来越少，心里想的事完全不同。我们喝着红酒、烧酒和发泡酒直到凌晨两点半，阳一晃晃悠悠地要去卧室给我拿寝具，我以要彻夜工作为由拒绝了他。他说完“晚安”不到五分钟，隔壁卧室就传出好似吸尘器工作时的轰鸣声。我打开稿子，反复看着同一处，写完一行后又删除，就这样反反复复。这是我意料之中的。

凌晨四点的时候外面亮了起来。我很疲倦，在纸上写下“我下周再来”，放到桌子上，六点多就离开了大宫家。公交车上已经坐满了要上班的人，我被挤得紧贴在窗户玻璃上，好久没看到的朝阳光芒刺眼。

经纪人

当然津村一开始是拒绝的。

别看他现在这样，实际上他不是那种想在社会上引人瞩目的性格。来自各方面的批评他都知道，他经常说，即使是像他这样的二流作家写的东西，只要别人需要，就会慢慢上得了台面，可能还会让年轻人对文学或者说读物产生一些兴趣。

关于私生活，他至今几乎没有公开过，在作品中也没有具体提到过夫人。在一次获奖聚会上，某文艺评论家看到他身边坐着此前几乎从不露面的夫人，似乎很吃惊，大概是夫人和津村小说里的女性形象大不相同的缘故吧。“文艺评论家还以为作家会不加修饰地描写现实里的人和事呢。”津村笑着说道。

就连我也不了解夫人。

两年前的一天，电视台录一档谈话节目时希望拍一下津村平时爱用的笔，然而他出门的时候忘带了，最后是由夫人送到现场的。夫人聪慧明朗，是待人接物的老手，令我自叹弗如。她非常爽朗地喊我“岸本”，没有一点尴尬的感觉，就像很久不见的朋友一样。录制期间，我们推心置腹互诉生活中的愤懑和牢骚。夫人很美，如果津村能经常带她到台前多好啊，可是转念一想，津村不把她写进书里，或许是想好好保护她、珍视她。

我只与夫人见过一次面，可那仅有的一次见面都让我觉得她死得很可惜，太可惜了。

说到事故发生后的津村——可能我不必过多重复——总之看到他憔悴的样子，就连平日里和他亲近的我也不知道该怎样和他交往了。我觉得这件事完全无法勉强。对他来说，人生中唯一的伴侣突然离他而去了。因为要追问事故原因，他在媒体上备受瞩目，镜头前努力保持冷静和坚强，然而内心和其他家属是一样的。只要站在公众面前，他就拼命抑制自己的情绪。看到他那个样子，我也很压抑。他说非常不擅于控制情绪，因此在镜头前和参加活动时总是努力去控制。我不想勉强他，决定尊重他的意愿，让他休息一段时间，直到渡过这个难关为止。

他本人常说，作家会将人生经历作为作品素材，但是这次的事情对于他来说未免太难以跨越，几个月来看着他的样子我越发这样觉得。正好那个时候有一档节目邀请他参加，我接了下来，向他提议可以借此机会直面夫人已死这一事实。一开始他坚决地拒绝了，说不想以妻子的不幸作为噱头，但我深深地觉得那档节目可以记录下对事故的记忆，可能会成为对死者的一种凭吊，于是不断地游说。最终津村也慢慢理解了，并希望他的经历能让那些痛失所爱的人们产生共鸣。

对，因此刚开始录制时，我认为他还是有一些不自然，没有突破那层壳，和大家所期待的爽朗的津村形象不符。节目组的人说气氛出奇地不好，还说他“麻烦、胆小、懦弱”，我只能请求大家谅解，说他经历了那么痛苦的事，自然比原来难对付，但是习惯后就会好的。对，可以用摄像机捕捉下他的变化。对，就是这样，真实。自然，顺其自然，自然地。对，对，对，对对，就是这样。

××新闻，特辑企划名：祈福，雪柳湖大巴坠落事故的记忆之作家津村启——超越爱人之死（暂定）。

“这是什么嘛?！”津村一看到标题就板起面孔把企划书扔到了桌子上，抱怨不止，完全没有想到我辛辛苦苦把企划推动到这一步有多不容易。

“不是说这种话的时候，津村先生。竹子创意公司的土井先生是节目制作人好不容易请来的。”

“他是谁啊？我好像是第一次听到这个名字。”

“所以我现在正准备给您解释呢。这个主题非常具有时代性，地球一直在发生异常状况，对吧？就算没有事故，也会有地震和异常天气带来的自然灾害，很多人突然失去了身边的人，他们的心也流离失所。”

“你老是这样牵强附会，我和那些遭受自然灾害的人还是不一样的。这题目是怎么回事？前提不是已经跨越了吗？”

“所以说，这只是暂时拟定的题目，只是为了让电视台批准这个节目而简明扼要地写了一下。”

“本来这种东西就应该是无声的，不是吗？就算我是三流作家，也不是表演型人格。无论在你眼里是什么样的，我只有自己好好消化后才能用笔写下来。”

“也就是说，不想借他人之手？”

“能别说这个词吗？总之这档节目如果这么随意，那不如去采访别人，效果会更好。”

“也不是不行。”

“总之还是收视率的问题。”

“虽然这样说不妥，但毕竟人们更容易对电视上的熟悉面孔感兴趣。动作电影中也一样，如果画面上布拉德·皮特和一个不知名的白人大叔在人群中逃跑，您想看哪个呢？还不是皮特，对吧？就是这么一回事。啊，举约翰尼·德普的例子可能更好一些。”

“别说了。”

“实话实说，我并不认为这档节目可以改变世界。可怕的事故在别处也在继续发生着，观众们看完之后在网上发表一些适当的感想，然后就结束了。就是这么一回事。但是呢，我还在说这些，是因为就算这件事再无聊，我还是想让您接触到外面的世界，向外界表达感情，因为您的工作最后总是走向自己的内心，这样下去会一直把自己关在身体里面，再也出不去的。”

“谢谢，谢谢你替我着想。我有时候也焦虑，我不上节目，你们和导演就没钱赚，社会也会给你很多压力，这些道理我都懂。但是我有自己的节奏，不一定会把自己关起来。我想用自己的方式慢慢打造一个和现在完全不同的、崭新的外部世界。”

啊，原来如此。就是那个当爸爸的游戏，我懂了。

我一个月前开始觉得津村不对劲，在那之前就感觉他好像开启了一种不可思议的生活状态。给他打电话的时候，总能听到周围有明显不同于他家的噪音，而且他还很着急挂电话，说稍后再打给我，有时候竟然还能听到小孩子的尖叫声。我那时断定他在外面有了情人。

近来他也总是一副忙碌的样子。“需要做的采访开始着手做了吗？”我试着从他那里打听点什么，他却总是会岔开话题。我以为都是因为女人，可没想到他后来自顾自地讲起了和那家人之间的故事。

“这是那家的哥哥在修学旅行时给我买的礼物。”他提起意大利制皮包，给我看挂在提手上的日光东照宫的睡猫钥匙圈，还让我摸摸看。我一摸，猫的身体就发出了铃铛一般的声响，津村听到后居然笑了。他神志清醒吗？我有点诧异。

我一直以为他是离父性很远的物种：明明非常爱自己，却欠缺正常的自信，有强烈的厌世观念，不会把时间花费在比自己弱小的人身上，不愿意背负麻烦事。怎么说呢？男人可能都是这样，在有了孩子之后，在幸福和羞涩的边缘，周身会散发出一种被命运的艰难困住的、独特的失败感。每当看到手足无措的新晋爸爸抱着因把心爱的玩具落在某处而大声号哭的婴儿，再一想他们挺直腰杆任由精子横冲直撞冲破壁垒的模样，我就觉得可笑。或许所谓的父性，就是终于知道了世界不会永远不变。

至于津村身体里的父性是不是开始萌发了，我不太确定。

“炒蔬菜的时候啊，孩子们不喜欢切成片状的胡萝卜，所以我会切得又薄又细，那叫什么来着？切丝，切成丝他们就吃。”

“您还做饭？”

“我也饿啊，可是又不知道外卖的便当里都放了些什么。”

“您在有孩子的地方居然可以工作？”

“有时候可以，有时候不行。但是那个小的最近在认字，可以一个人看书，学我每天写写日记什么的。孩子的接受能力真是令人赞叹。她听我朗读的同时，慢慢地就能记住那些汉字了。”

“您居然还给她朗读？”

“有时候我会等她睡着后才回家。”

“她可爱吗？”

“可爱？可以这么说吧。总之，我不在的话她没法一个人在家里。”

说出这句话的津村红着脸，仿佛第一次向女孩子表白后向好朋友倾诉的中学生一般。这是怎么回事？突然出现的保护欲和责任感，还有满足感？难道已经超越父性，走向母性了吗？

“做了很多事以后才明白，比起养孩子，工作简直不算什么。因为不管怎么说，孩子都是有生命的嘛。”

这居然是只能在有空调的房间里工作的人说出来的话，至少应该在“工作”前面加一个“我的”嘛。从我们所在的酒店大厅里的窗户往下看，沥青路中间挖出的等身宽的坑里，一个浑身是泥的工人正在高温下维修下水道，把这句话说给那位大叔试试看！

其实我没有资格评价，我的大女儿脾气暴躁，三番五次令妻子难堪。她管教过，把女儿关在房间里过，教训过，甚至还用很过分的话责备一个只有三岁的孩子，那些话就连在我们吵得剑拔弩张时她都没说过。她看了报纸上的内容，一口断定女儿是阿斯伯格综合征，带着女儿去看医生，可是女儿跺着脚哭着说“妈妈，我更担心你”。最后女儿被诊断不是阿斯伯格综合征，妻子没有因此而松一口气，反而为自己判断失误而懊恼：为什么有毛病的不是女儿，而是自己呢？我也赞成这一点。妻子的确是一个温柔贤惠、聪明、爱美、非常好的女人，却不是一个好妈妈。孩子会像飓风一般摧毁母亲的身份认同、顺利的人生和正当性，同时还有对有孩子的生活所持有的乐观的期望。不厌其烦地尝试了千百种对孩子应有的态度和感情，结果因为对孩子发怒而成了“最坏的妈妈”，被孤立，还被医生断定“错的人是你”。

说到爷爷奶奶，他们也只是审问犯人般问一些“好好喂母乳了吗”“孩子长得像谁”之类的问题，完全帮不上忙。其实父母有没有好好负起责任、孩子有没有好好喝奶都无所谓，从不费人心思的孩子出生后也不用担心，聪明的孩子就是聪明。实际上，在生了二女儿后，我和妻子几乎没操过心。津村现在照顾的两个孩子就是很好的例子，他们的爸爸在遗属见面会上近乎犯伤害罪似的大闹现场，孩子们却听津村那种幼稚的大人的话。

“比起你的工作，我的工作要困难一亿倍。”那时候我的妻子毫无惧色地对我说道。结婚之前她还说“问出工作和我哪个更重要这种问题的女人都是笨蛋”，要是那时候的妻子听到津村说的这句“比起养孩子，工作简直不算什么”，大概会表示赞同并送上喝彩吧。不，也许会竖起中指，吐口唾沫骂他是伪君子。

津村每周和还穿着纸尿布的孩子一起在家里待着，就觉得像立了大功一样高兴，这就好比在小河的浅滩上玩了一会儿，就大言不惭地说见过大海一样。看着津村一脸莫名其妙的兴奋感和成就感，我的反应很冷淡。对他来说，那家人到底是什么呢？遭遇了同样的事故，失去了家人的同胞们一边互相填埋内心的空穴，一边携手开创新生活吗？真的假的啊？可是我怎么觉得，怎么看都像是他一厢情愿呢。

夫人死后，津村的反应很奇怪，直到现在我才开口说出这件事。

我能理解他们夫妻俩的关系已经到了不可修复的地步，但津村态度之冷漠还是让我觉得毛骨悚然。是事情发生得太突然，还是他真的觉得没什么大不了？我无从得知。事故发生后，我觉得津村就已经将一切抛诸脑后了，与妻子共度的前半生宛如已深埋地下。别人对他说一些惋惜、悼念之词的时候，他看起来有些不高兴。亲友怕他想起伤心事，会努力避免触碰这个话题，但我总觉得亲友的体贴和他本人的逃避态度格格不入。

说真的，我不是不能理解他，尽管只有百分之一。虽然不应该说逝者的坏话，夫人确实是我应付不来的类型。她容貌靓丽，沟通能力强，比津村好说话太多了，但是她所具有的聪明是经历了许多挫折后得到的吗？不能说是顿悟，该说是从挫折中挣脱出来呢，还是说无忧无虑呢？作为一个有血有肉的女人，她太完美了，不管发生什么事都能沉着应对，这一点确实很有魅力，但同时也会让我的能力萎缩。反倒是那些沉迷于金钱、面子、物欲的缺爱女人更好掌控，虽然她们有些烦人。我们两个人聊到津村的一些传闻时，夫人曾笑着说他“还小”，那么在她心里我大概也只是个小男人吧。可是拥有那些无奈的小烦恼不正是人生吗？我想起读中学时有一个进攻性很强的女老师，整天一副自以为是的模样，自认为和别的老师都不同，对我们毫无意义的幼稚举动一个劲地追问“为什么，为什么”。她说：“不主动进攻就不知道。告诉我，我会听你说的。”她咄咄逼人，嘴角颤抖，强行挤出来的笑容令人作呕。夫人也是个漂亮的女人，不会令人生厌，但是她的完美逼迫着我们。站在她面前，就会感觉自己很愚蠢、幼稚、轻率，对这个世界来说就像毫无存在价值的垃圾一样，这样一想心情会变得很糟糕。

那次和夫人聊天，我很难得地替津村说话，我并不是说他可以肆无忌惮地背叛婚姻，但我能理解他那种心情，因为夫人太伟大了，所以想从她身上移开目光，我和津村都是这样吧。我妻子是一个好人，但是不伟大，她会哭闹、崩溃、痛苦，正因为这样，渺小的我不管遇到什么事，都能感觉在家里有一席之地。妻子不完美，孩子不完美，我也不完美，我们家就像一辆轮胎破了的公交车，大家一起向前推进。那边修好了，这边又破了，这样不断反复，公交车可能一点都没有变好，但或许一起推着行驶到某个目的地本身就是目的。我讲不太明白，但是乘客们都确确实实地拥有靠自己推动公交车前进的力量。

这样看来，津村在那个家扮演临时爸爸不也是想要找到一席之地吗？实际上是津村的本心让他开始感受到对孩子们的爱，而从中得到最大治愈的人不是失去母亲的孩子们，不是偶尔才会出场的爸爸，而是津村本人。把爱倾注于孩子身上时，他会忘了于心有愧的事，这对成为父亲的男人来说是一种无上的赞美。失去母亲的孩子们陷入悲伤之中，津村搬出照顾他们生活这一最合理的理由，将一切令他厌恶、不愿回想的往事抛诸脑后，过得可真是快活啊。

夫人，你照顾好自己，把这些都忘了吧。我第一次为衣笠夏子这位女士感到伤心。

“先生，真的要拒绝节目邀约吗？”

“那还用说？有不拒绝的理由吗？”

“恕我直言，您这样下去不行。”

“这样下去是什么意思？反正就是你的借口罢了，你希望我接这种工作。”

“别这样说，先生。”

“看吧，被我猜中了吧？”

“别这样说，先生。”“这样”是怎样，我也不知道。但是津村先生，我真的觉得您不能再这样下去了。

衣笠幸夫想逃。为了这一天，他花了一大笔钱买了新的冰灰色亚麻西服，结果比作为生日礼物买给小灯的稻草帽子和伊吕波纸牌贵了几十倍，他哭笑不得。

幸夫和岸本分开后，从涩谷站乘电车在S站的前一站下了车。出站后在环岛上看到阳一的车，三个人正在车里向他挥手。幸夫钻进车子，不到两分钟就到了照相馆。紫薇树上的小花竞相绽放，旁边就是一家古色古香的照相馆，店前有一个狭窄的停车位。轮胎摩擦地面发出吱吱的响声，阳一把车停好之后，一位脸庞圆润的女士从店里出来迎接他们。这位女士是大宫雪生前的同事，曾经在市立医院担任护士长，在小灯出生不久后嫁给这家照相馆的老板，辞掉了医院的工作。小灯出生之后的第一张纪念照就是在这家照相馆拍的，大宫一家当时还顺便拍摄了第一张全家福。从那之后每年小灯生日，一家人就会来这家照相馆拍摄“友情特惠”全家福。小灯三岁生日的时候正迷恋荷叶边小裙子，于是那天这位女士和助手一起把小灯打扮成了奇幻世界中的人，小灯当时很满足。若是以前的幸夫看到这种打扮的小孩子，一定会嗤之以鼻，嘲笑孩子的父母是品位低俗的傻瓜。然而现在他不但没有嗤之以鼻，还一一拿墙上挂着的其他孩子的照片和小灯比较，边看边自言自语：“还是小灯可爱，比他们都可爱。”真平和阳一只能笑笑。

与精神抖擞的幸夫和小灯形成鲜明对比的是，阳一穿了快递员工作服般的横条纹网球衫，真平穿着颜色醒目的运动衣，四个人的穿着看起来很不协调。他们进入摄影棚后有些紧张，老板夫人在那架桃花心木制大型相机旁摇了摇一个脖间系有铃铛的小狗玩偶，就把四人逗笑了。不知是老板技术了得还是出于“友情特惠”的缘故，闪光灯只闪了两下。

晚上大宫家开起了烤肉聚会，小灯吹灭了蛋糕上面插着的五根蜡烛。晚饭后，小灯背着阳一送的印有动画片卡通人物的双肩包，戴上幸夫送的系着红色蝴蝶结的稻草帽子，四个人玩起了伊吕波纸牌。幸夫转了四五家书店和玩具店才找到这副字大、图片颜色好看的纸牌，他没想到小灯喜欢玩这种东西。今年年初，雪带着小灯拜访了一个朋友，那家的孩子们都拿着纸牌在玩，从那时起小灯就决定了下个生日想要纸牌作为礼物。

幸夫读纸牌上的和歌，大宫一家三口比赛翻牌。真平不愧背了很多，一听到“狗走在路上”和“破烂锅”就有气势地喊出“我知道”，然后找出了所有纸牌，最后获胜。小灯渐渐地厌烦了这项游戏，其他人故意把纸牌全都摆在小灯面前，给出提示，可是她仍然没有赢一局。为了打败对手，幸夫和小灯一组对抗真平，轮到阳一读和歌的时候，念成“出嫁，虫，夫”（出嫁从夫），“还只是，钟，生的，浅，挂”（孩子是终生的牵挂），断句和语调奇怪，因此幸夫惨败。最后小灯一脚踢开了纸牌，将手中的卡片甩到拉门上哭了起来。这时候阳一站起来，像平时一样大声训斥小灯：“再哭的话就把双肩包还回来，把帽子还回来！”幸夫一边安抚蜷缩着哭泣的小灯，一边拼命地缓和阳一愤怒的情绪，又看了一眼绷着脸的真平，心里暗想从来没有过过这样热闹的生日，心头一热。

当天晚上幸夫留宿在大宫家。阳一败给了连日积累起来的疲惫，早早就进入卧室睡下了。幸夫看到真平的房间直到十二点还有灯光从门缝里漏出，于是轻轻敲了敲门，听到真平在里面应了一声。

自从幸夫来到大宫家后，曾一度有落后倾向的真平，成绩在慢慢好转，以现在的成绩上埼玉县内首屈一指的私立中学都没问题。但是幸夫从没听真平本人说过为什么只上东京都内的学校。

两年前，刚过完中秋节，大宫一家自驾游去信州野营，雪本想借机让家人亲近大自然，却被一群进行天文观测的男校中学生打乱了计划。无论是厨房、厕所还是蓄水池，到处都是变声期男孩们的喧哗声。真平不用帮忙做饭，兴致勃勃地享受着游戏的乐趣，却被阳一粗鲁地训斥，闹起了别扭。就在那时，几名中学生向他搭话，真平跟着他们去了繁茂的树林深处。他有些恐惧，害怕会遭遇不测，可过了一会儿却通过中学生们的天文望远镜看到了浮现在天际的星星。年幼的真平对天文观测没有太大的兴趣，而是深深地着迷于中学生们的见识广博。那些中学生看到来找真平的雪后也毫无惧色，用大人的语气对真平说："天完全黑下来后就能看到更多星星了，等下次你再和家人一起来看吧。"

后来阳一在漫天星空下依次和中学生们摔跤过招，最后竟然把手伸向了脸色苍白的领队老师，而且还不住发牢骚："什么都不懂，那些家伙什么都不懂"。从那之后，真平就暗暗下定决心，以后要上那些中学生上的中学，参加天文观测露营活动。

真平的少年憧憬唤起了衣笠幸夫内心深处的纯真，听了这段故事后他感觉就像发生在自己身上一样，鼓励真平考取那所中学。在理科科目上完全帮不上忙的他宣称要"赌上小说家的尊严”给真平提供阅读理解的建议，然而汉字的读写和接续词的选择这些倒也罢了，就连如何理解文章他都经常给出错误答案。

这天晚上真平正在复习的试题正好是幸夫认识的某作家的短篇小说，幸夫从四个选项中选错了答案。“可以了，幸夫。”最终真平一脸嫌弃地对幸夫说道。幸夫直接给那位作家打去电话，惊醒了刚睡着的作家，但他仍不管不顾地把选项念给作家听。

“……好难选啊，听哪个都觉得不太合适……”

“无所谓啦，你说，选哪个？”幸夫步步紧逼。

“非要选一个的话，选第三个吧。”

“第三个对吗？”

“也可能是第一个。第二个和第四个是错的，这个我知道。”

“那到底是第一个还是第三个？”

“嗯……第三个！”

“答案是……当当当……第一个。”

“不是吧？”

“我也这！么！觉！得！”

作者本人和自己犯了一样的错误，幸夫好像对此非常满意，得意地挂掉了电话。真平却一脸沉重。他知道作者的本意和这道题的正确答案不一样，但是为了得高分选幸夫和作者本人都否定的第一个选项真的好吗？明知一件重要的事是错的，却还要选为正确的，他有这样的能力吗？

“不对吧？那种能力没有也罢，只能与之对抗。没必要生活在颠倒是非的世界里。自信地坚守你所认为的正确答案，那就是正确答案。重要的事不是全部。”幸夫热情洋溢地反驳道。

真平叹了一口气，他明白只有选对答案取得高分才能拥有自己期待的未来。“如果照你说的，选我认为正确的答案，那就考不上。”

“那就好好学理科吧，争取拿个满分！”

真平沉默了，这种鼓励毫无意义。

幸夫突然可怜起真平来，于是为刚才说的不负责任的话道歉。“抱歉，我把价值观强加给你了。我从来不肯说世上大多数事物是好的，这是我的问题，所以就更加习惯，也麻木了。大家都喜欢的东西我不喜欢，大家都觉得好笑的事情只有我觉得不好笑，我就是这样。说真的，我都对这样的自己厌烦透了。任何事情都不能和大家同步，总是用鄙视的目光去看待，这样一来就更加扭曲了。”

“天邪鬼？”

“对对，就是妨碍神仙的小鬼。你连这个都知道啊。”

“妈妈以前总说我是天邪鬼。”

“是吗？你是个懂事的好孩子，也不闹别扭。非要说的话，应该是小灯吧。”

“小灯和爸爸都是任性的人，但是性情耿直。他们说我和妈妈比较像，嘴上不反对，但心里是拒绝的。”

“这样啊，你像妈妈啊。”

“运动细胞除外。”真平的话戛然而止，他已经很久都没有讲过妈妈的事了。

能憋住不说吗，还是强迫自己不说？在慌张的日常生活里问不出这些话。于是幸夫趁势继续问了下去。“你不怎么说起妈妈啊，不想她吗？”

“妈妈经常说我太像她，这让她很生气。”真平的声音从未这样僵硬。

“说什么呢，怎么会……”

“她说我总是斜着眼看待事物，把别人当作傻瓜。这样的人就算学习再好，或是被老师表扬，都不会被别人喜欢的。就算别人不知道，她也都知道。这是妈妈出发前一天对我说的。”

“不是这样的，真平，停一下。你妈妈不是这个意思。”

“但我老是想起这个。我想问妈妈为什么最后要对我说这些话，但是已经问不了了。爸爸经常在佛龛前和妈妈聊天，但是我合掌了却什么声音都听不到，一次都没有。”真平说着说着悲伤起来，“她就这样走了，我很生气。”

幸夫无言以对。

真平身体里面发出了好像在吞咽东西的声音，他旋转椅子背对着幸夫，单薄的背影剧烈地晃动着，左手握成拳头抵在眉间。笔记本平摊在桌子上，白色的纸面被泪水打湿了。“不要跟爸爸说。”真平仍然背对着幸夫，挤出了这样一句话。

“不要说什么？”

“别跟他说我哭过。”

“我以为是什么呢，没事的。你还不到哭一下就被人嘲笑的年纪呢。”

“我在妈妈的葬礼上没有哭，不知道为什么哭不出来。”

幸夫喉头一紧，什么话都说不出来。

“然后被训斥没有感情。”

“被你爸爸吗？”

幸夫说完，真平轻轻应了一声。

“真平，你爸爸没有恶意，他也很伤心，才那样说的。你知道的吧？”

“我不是没有感情。”

“我知道，我都知道。”幸夫把手放在真平的脑袋上，默默地抚摩着。真平的头发像猫毛一样柔软，太阳穴附近的皮肤上有一层薄薄的汗。“哭也没关系。”幸夫安慰道。

真平呜咽不止，没有要停下来的意思。

大家都睡着后，幸夫坐在起居室的薄地毯上，望着黑暗中的天花板，自言自语道：“我在夏子的葬礼上也没哭。”幸夫想，真平哭泣的时候，也许自己也应该敞开心扉的，可是他做不到。真平这个孩子和他迄今为止遇到的人都不同，他明白这一点，但还是无法在真平面前释放自己，大概是不想失去作为守护者的优越感吧。自己对某个人来说不可或缺，一定要守护好那个人，能这样想就已经是天大的幸福了。幸夫从来没有对别人产生过这样的想法，尤其是对夏子。事实上，夏子从没有寻求过幸夫的守护，可能也不觉得幸夫是不可或缺的吧，但真实的情况又是怎样的呢？

幸夫想起一件事。四五年前的冬天他患了感冒，发热不退，卧床两天，可还固执地坚持不去医院，最后连呼吸都变得痛苦起来，也厌烦了夏子的劝说，放出狠话："我什么时候死或者不死，都是我的人生。"当时正在洗东西的夏子停下来回头看向他，只说了一句"你啊"，没再继续下去，水龙头也没关，脱下围裙就离开家了。高烧不退的幸夫生气不已：居然把病人扔到一旁自顾自走了！

第二天幸夫高烧超过了四十度，不知道什么时候回到家的夏子二话没说打算叫出租车，幸夫大喊"应该叫救护车吧"。最后差点发展成肺炎，编辑到医院探望时，他戏谑着说"我本来放话就这样死了也好，最后却叫了救护车"，大家听后都笑了，唯独在床尾桌旁切网纹瓜的夏子，陶瓷一般的脸突然僵住了。

为了她，自己也必须好好活下去。

夏子希望我这样想吗？大概不是，幸夫想。

因为我就算不打起精神来也能活下去？不，夏子死了。夏子是因为我没有为了她打起精神活着才死的吗？才不是这样，幸夫想。如果夏子在世时盲目地相信自己对于夏子不可或缺，会有像现在面对孩子们时那种幸福而充实的心情吗？暂时先不考虑了！幸夫叹了口气，闭上眼睛，突然又想到或许应该拜托照相馆老板再给他洗一张白天拍的照片。幸夫成名后拍了很多照片，但都不是在照相馆拍的，上一次在照相馆拍照还是去参拜神宫时拍的，那时他还只是个婴儿。幸夫的父母不太讲究仪式感，就连幸夫的结婚典礼最后也没有拍照，因此没有一张可称得上是全家福的照片。幸夫觉得借此机会保存一张也好，但又想到一般家庭大概只有一张全家福，离家在外的人偶尔回家看一看就足够了，如果和大宫家各拿一张，感觉就像是以后不会在一起生活了，于是他打消再洗一张照片的念头，沉沉地睡去了。

电视上儿童节目中猫咪崩溃大叫似的尖利声音传到幸夫的耳朵里，这是他在大宫家迎接早上的方式。幸夫在自己家的时候经常熬夜写字、看书、漫无边际地乱想，所以早上被吵醒的时候非常痛苦，好像大脑被刺穿一样，于是他想不如把生物钟调成早起型。

两个孩子没有叫他起床，自顾自地吃完简单的早餐，收拾好准备出发。幸夫好不容易打起精神支起半个身子，问他们阳一去哪儿了。正在小灯的联络簿上盖章的真平说，爸爸天还没亮就出门了，幸夫这才想起阳一说过今天要跑北边那条路线。

幸夫在玄关送兄妹俩出门，五岁的小灯高举双手，咻咻地笑着。就这样，兄妹俩把幸夫这个外人理所当然地留在家里,奔向了夏天飘荡着青草气息的室外。随后幸夫伸了个懒腰，在水龙头接了水喝，然后开始洗盘子和杯子。突然从某个地方传来了一段旋律，他拧上水龙头，想起那是阳一手机的来电铃声。

幸夫走进阳一的卧室，从被太阳晒得暖烘烘的榻榻米上拿起闪烁着灯光的手机。对他来说，碰一下别人的电话，心脏都会剧烈地跳动，就像开别人家的保险箱一样。幸夫打开已经旧得掉漆的翻盖手机，只见液晶屏上显示着“公司手机号”，他小心翼翼地接起来，打电话来的人是阳一，两个人同时松了一口气。

“我还担心是不是吃完早饭落在食堂了呢。”阳一大声说道。

他说已经行驶到新潟附近了，手头有公司配备的手机，所以不拿手机也无妨。幸夫说真平明天去补习班，所以今天就先回去了，明天下午再来。

“注意安全。”

“你也是。”

“别太辛苦。”

“你也是。”

两个人互相嘱咐完后挂断电话，幸夫玩了一会儿阳一的手机。

先映入眼帘的是阳一和儿子孩子气的对话，还有小灯用平假名发的想让哥哥送的信息。他边眯着眼看边想，小灯会不会也给自己发这种信息。接着他又不怀好意地猜想里边会不会有阳一新欢的信息，往前翻了几条后发现收件箱前有一把小钥匙的标志，里边都是阳一和大宫雪互发的信息，阳一为了防止手机把信息自动删除而设置了保护锁。

趁着主人不在家，幸夫毫不迟疑地依次打开看下去，想着一定能看到这对夫妇甜蜜恩爱的痕迹，可净是些“回来的路上买牛奶”“没鸡蛋了”“番茄酱也没了”“起来没？把被子叠好收起来”“快递两点以后到”“你先回家的话就去买点鱼糕回来”等等来自大宫雪单方面的命令。偶尔有那么一句“真平烧退了，已经吃过饭了”或者“天气冷，你那边更冷，别感冒”这样的话都显得动人起来。

幸夫有些沮丧地关上手机放在餐桌上，舒服地伸了一个懒腰后，离开了大宫家。

起得这么早，本应该直接回家工作，但幸夫不由自主地去新宿看了一部由朋友的小说改编的电影。“和之前的相比，这一部非常精彩。”朋友如是说，幸夫却没看出和之前的作品有什么不同。走出电影院，他从手提包中拿出手机打开电源，之后就放回包里没有再去看，而是去咖啡店看着报纸吃了一顿迟到的午饭，然后顺便又去书店挑了几本喜欢的书。走出车站时太阳已经西斜了。吃饭时，电车上，他都没有碰过手机。打开家门，房间里依旧布满灰尘，空气凝滞了。他本想打开窗户换换气，但是难耐夕阳的热气，又关上窗户打开了空调。空调突然喷出许多有味道的气体，不过鼻子已经习惯了。他脱下被汗水浸湿的皱巴巴的亚麻西服，打开电脑检查邮件，回了两三封邮件后没有悠闲地看电视，而是翻开买的书。看了不到十页，终于忍不住了，他从手机上拔下充电器，打开手机信箱页面。

应该就此打住的。

四个月之前的信息无论是谁发的一概没有了。他从没想过要保存夏子发来的信息，自己发出去的和别人发给自己的，无一例外都没有保存下来。突然幸夫好像想起了什么，走进卧室，拿出从警察局带回来的夏子的手提包，从中取出手机，插上床边的充电器充电。手机沉在冰冷的水底几十个小时，不知道还能不能打开。幸夫按下电源键试图开机，可是液晶屏犹如夜幕下的泥沼一样暗黑一片。

他感觉身体突然沉了一下，放下手机仰面躺在床上。湿冷的厚羽绒被不合时宜，夏子走后一次也没拿出来晒过。夏子是盖什么被子睡觉的呢？好像是一床薄薄的夏凉被，放在哪儿了？不对，夏天的时候幸夫只穿睡衣，睡觉的时候如果不开着空调，晚上就会不断醒来，然而体寒的夏子就像蛹一样从头到脚紧紧裹着被子，似乎对他发出无言的指责和抗议。夏子经常有这样独自忍耐的表情，幸夫也有忍耐的时候，忍耐那全身冒汗的不适。从今年开始，幸夫不用忍耐了，可以随意调低温度，把房间弄得很冷再睡了。

就在这时，幸夫脚下传来一个微弱的声音，夏子的手机开机了。幸夫从床上跳了起来，就像一只饿着肚子的老虎盯着一只野鼠。好不容易苏醒的手机反应还有些慢，液晶屏上面的显示灯时亮时暗，幸夫打开手机信箱，意外地发现夏子生前的最后一条信息不是发给大宫雪，而是发给他的。信息没有标题，只在文本中写着“联系我”。夏子出发前本来答应等幸夫回家后给他剪头发的，但幸夫一直没有联络夏子。这条信息发出去的时候，幸夫正在酒吧的吧台上和一对年轻情侣大声聊着“初次见面的男女肢体应该接触到哪种程度”。女孩是大学生，前额顺滑的直发有些反光，每次望向男朋友的时候都发出爽朗的声音。幸夫很想摸女孩的刘海，甚至想着无论如何一定要摸到。

那条信息就是两个人最后的交流。幸夫不记得回复了没有，或许他看到的时候已经在回家的路上，所以就没有回信直接回家了吗？他不确定。如果回了，回了什么？他也不记得了。幸夫打开收件箱胡乱按着按钮，突然画面黑了，接着他拍了拍屏幕，像拍将死之人的脸一样，屏幕又亮了。幸夫手一滑，打开了草稿箱，然后在那个既没有发送出去也没有人收到、像寂静的墓地一样的地方，发现了一条收信人为自己的信息，打开后，只见上面写着：

已经不爱了，一点都不爱了。

这是什么？

你想说的是这个吗？而且已经说出来了？不，写出来了？写出来，然后呢？不，你这不是什么都没做吗？可是，这太过分了。你这样说，不，这样写出来，倒是跟我直说啊！为什么没说呢？本来打算说的吗？幸夫无从知晓。亲近如妻子，幸夫却很难抱之以信任。不，或许应该说他明白妻子的心情，但无法相信她居然会留下这样的东西。幸夫不敢相信自己的眼睛，重新看了一下液晶屏，屏幕再次黯淡了。这次无论他如何敲打、踩踏，手机都没有反应。那句讨厌的话到底是什么时候写的？他无法确认了。所以说，当时应该及时打住的。

我

“我说完‘开始’之后，您从这里开始走，在我们的助理导演挥手的那个地方把花放下，从那里眺望湖面的方向，大概就是这种感觉。可能会被树木遮挡视线，看不到湖面，但是请做出能看到的样子，之后您自由发挥就可以了。”所谓的导演殷勤地向我说道。

“做出能看到的样子？”

“就是本来看不到，但是需要您看到。”

“就是装作能看到的样子？”

“差不多就是这种感觉。”

“我走到能看到湖的地方不行吗？”

“不行，机位不允许。”

“意思是从构图上讲，站在别的地方不够好看吗？”

“嗯，差不多是这样。”

拍摄前准备的时候，他们问我“您妻子喜欢什么花（请您尽量回答这个季节会开的花）”，我随便答了“桔梗”，于是他们准备好桔梗花束放在指定位置，让我假装是为妻子买的，今天要拍摄第二次祈祷。

乘坐拍摄专用面包车到达大巴坠落的事故现场后，我下了车，看到道路两旁的悬崖边上放着不知是谁拿来的与死者告别的花束。已经干枯的花束和新鲜的花束混杂在一起隔开了一条路，我自然而然地朝那边走去，低下头，双手合十。游客们在睡得不习惯的大巴上进入深度睡眠时，大巴伴随着突如其来的冲击沿着陡峭的山体坠落，当时车内是怎样一番情景呢？

就在我胡思乱想时，背后传来一个中年男子的声音：“停！稍等一下！”一个貌似制作人的女子小跑而来，像扶着一个迷茫的男人一般带我回到车附近。好像是说设备还没准备好，我这样自顾自地走到事故现场双手合十不好。接着我听见那个脸蛋圆润通红的助理导演被骂了。

长得像旧时乡下女佣的助理导演立即把各式各样的供花拿到一旁，堆在了不会被摄像机拍到的位置。我问那个貌似制作人的女子为什么要把供花都拿走，她含糊其词地说，不拿走也行，但还是拿走更好。看来如果已经有很多花束，说明我来得太晚了，与我深爱妻子的角色设定不符，抑或是他们想要营造出一种没有花束的冷清氛围，传递给观众“关于悲剧的记忆在慢慢风化”的信息。其实不用专门制造，人们的记忆已经风化得差不多了。

我献了花，装作能看到湖的样子，双手合十。待我转身后，听到一个声音——“停！再稍微坚持一下！”

“坚持”什么？

我献了花，装作能看到湖的样子，双手合十。南无南无南无，转身。那个声音又传了过来——“停！看湖还是放在合掌之后吧，再来试试。”

为什么？

在我按照导演的指示行事时，助理导演走过来从我手中拿走花束，整理了一下又还给了我。

“什么嘛，这完全就是作秀！”

“嘘！请不要说这种话。”

重复做了五遍相同的动作后，我在车子后面向岸本发牢骚。

岸本压低了声音说道：“作秀，是指捏造一件完全没有的事，用在这里不合适。我们只是进行一些细微的调整。”

“岸本，这是纪录片吧？为什么必须按指令做？”

“难道你以为纪录片就是完全真实的？你不是一直认为那

些将私小说当成真实的读者是傻瓜吗？”

“我很生气让我重复那么多次，双手合十的时候根本没有办法祈祷，光忙着数数了！”

“你就乖乖配合吧，他们对这些很敏感。”

“为什么要这样迁就他们?！这又不是我的错。”

“这已经不是你一个人的事了。”

我们回到对岸的湖畔，他们让我站在一般人不会下去的河滩上接受采访。摄像机启动，导演突然问我：“妻子对您来说到底意味着什么？”

我的职业是写作，是操纵文字的商业活动。既然干了这一行，在说话的时候就必须仔细考虑，要有能力让听众产生一种恍然大悟之感，或者与此相反，除去所有修辞，直击语言核心，抵达每个人的心灵。哪怕是二流作家，抑或三流作家……我陷入了对这个问题的沉思，一句话都答不上来。我还没时间想妻子到底意味着什么，只想先让摄像机停止拍摄。

“那么，和妻子在一起最难忘的回忆是什么？”

我的喉咙越发阻塞了，连敷衍的话也说不出来。他问“最难忘的回忆”，可我一件也想不起来。

“难回答吗？因为太多了？”

“不是，怎么说呢……只是一想到最难忘，就是说别的记忆都不如它……”

“没错。”

标准回答应该是哪年哪月哪天在哪里在什么样的日子做了怎样的事。妻子走之前最后的这五六年，我应该是尽力避免了一切能制造回忆的行为。我很害怕出门旅行，害怕去吃好吃的，害怕度过一起看画展和电影这种两个人的时光，害怕互相分享心满意足的心情。在我家，这种事的根基已经腐烂，表层也不过是敷衍了事的空壳，我和夏子唯独对这一点态度出奇一致。她应该已经厌烦了到哪里都要给我处理烂摊子，听我抱怨不满。她不再像年轻时那样给我提建议了，也没有邀请我去参加大宫家的烤肉聚会。

——邀请过，你忘了。夏子在我耳边说道。

骗人。我只是想把它忘掉，因为我已经忘掉很多事了。

——那就是我邀请你，你拒绝了。全都忘了。

我没忘。

“津村先生。”

“啊，怎么了？”

“我可以继续提问吗？”

“……啊，好。”

“您现在想对妻子说什么呢？”

“啊？”

“作为今天的结束语，请您对妻子说一句话。”

“啊？”

“开始吧！摄像机跟进！”

在我面前提示正在录影的红色显示灯亮着，一个中年男人扛着摄像机弯腰蹲在那里。

对妻子说一句话，对妻子说一句话……对妻子说一句话。

已经不爱了，一点也不爱了。

我有一个瞬间低下了头，然后又抬起来，看着摄像机漆黑的镜头。喂，妻子，你在听吗？

“如果可以重来，我想先走。我每天都闷闷不乐，为什么死去的人不是我而是你？你应该以更充实更完美的方式谢幕。”

我看到站在摄影师后面的导演和貌似制作人的女子赞许地点了点头。

“你的死法，真的，真的太坏了。我只要一想起来就头痛。”我又深吸了一口气，继续说道，“那边的风景怎么样，肯定比这边更美吧？你看到我烦恼的样子了吗？这让你很痛快吧。你就那样先走一步，让我的后半生真切地笼罩在一层密不透光的黑影中。怎么样，你高兴了吗？”

工作人员不知何时不再点头赞许，而是目瞪口呆。岸本站在他们后面，紧紧抿着的双唇看上去就像肛门一样。给你们点颜色看看！都豁出去了，我被恶魔附了身。

“想来，只要我活着，你的人生就不会得到回报。大概你已经对我不抱任何期待了吧？你在等着我死吧？没想到啊，你怎么会是这种人呢？你不是这种人，因为聪明的你一定知道，被死亡折磨得痛不欲生的是活着的那个人，活着的人更痛苦。悲惨的婚姻生活到头来是丈夫病倒、妻子伺候于床前一辈子？就算盼着对方死，但实际上被剩下的人只能独自克服孤寂活下去，这不是玩笑。”

漆黑的镜头里映出我的影子，鼻梁处挤出了Y形皱纹，咬牙切齿的样子看起来就像一条野狗。

“这个结局，你应该从某时某地就开始期待了吧？突然某一天，在最糟糕的时候以最糟糕的方式死去，然后消失不见。如你所愿，你那样死去以后，让我觉得恶心得想吐。怎么样，你想看可怜的我不会做饭不会做家务发愁的样子吗？有趣吗？幸福吗？真是不好意思，我没有你想象中那么堕落，也没有被别人抛弃。我也有机会的，不要小看人。你的死是一种暴力，而我决不会屈服于暴力。你要是觉得我每天萎靡不振、悲伤度日，就大错特错了！”

就在这时，我突然受到了被公牛撞到肚子一般的冲击。曾在大学打过橄榄球的岸本将我猛地推到了离镜头很远的地方，他嘴上问我有没有事，同时却粗鲁地把一瓶水塞进我青花鱼一样的嘴唇里。我被呛到，将喝到气管中的水喷了岸本一脸，然后像婴儿一般把手中的水咕嘟咕嘟喝掉了，四肢泄了气，浑身瘫软下来。回头一看，紧跟在我们后面的摄影师宛如耷拉着红色舌头的野兽，虎视眈眈地把摄像机对着我们。拍这个有意思吗？或许有意思吧。远处的导演和制作人也都抱着胳膊、面露愁容地看向我们。

“这可如何是好？”我看向岸本小声问道。

岸本一副神秘的表情点了点头，说道：“让我想想。”

风从湖面上吹来，拂过残留在嘴边的水，我的脸感到一阵凉意。

助理导演

知道津村启的真名是衣笠幸夫的时候，大家都笑了。我不知道他们笑什么，只能默默地把大盘子里的食物分开。好像那个名字和活跃在我出生之前的一个知名棒球球员的名字读音相同。我不太了解棒球，导演田原用手机上网检索出那个人的照片给我看，是一张我不认识的脸。我的无知让场面一度尴尬不已。有人问我是哪年出生的，我回答一九九一年，大家一齐惊呼，差点人仰马翻。又有人问我有没有见过活着的昭和天皇，我回答没有，大家再次人仰马翻了过去。他们兴高采烈地说着我出生之前的事情，一边感叹着“年纪大了”，一边不断聊着田野近组合、道顿堀和桑德斯、随身听、迪斯科舞台等话题，每每确认我不知道后，就会齐声发出意味深长的惊呼。说着说着，他们又问我第一次去电影院看的是什么电影，我回答小学三年级的时候跟着喜欢欧美电影的爸爸看了《火烧摩天楼》。我们当时乘坐电车去街上的一家老电影院里看了那场重映的电影，当时还是孩子的我觉得史蒂夫·麦奎因很帅气，特效非常精彩，当时还生怕大楼会真的燃烧起来……听完我的话，制作人土井只说了一句“啊，有意思”，之后谁都没有再说什么。我说的是在我出生前很早的电影，应该是一九七四年或者一九七五年的作品，本以为他们会感兴趣，没想到还是冷场了。

田原给我看的照片中，原棒球球员衣笠祥雄温柔地笑着，就像我的叔叔一样，确实和津村先生的气质截然不同。津村先生更加敏感，能注意到很多细节，有时会被摄影棚中的工作人员抱怨话太多。经纪人岸本先生说，津村先生从来没有公开过真名，这次拍摄中大宫家的人都喊他的真名，这是第一次公之于众，需要很大的勇气，要不是以不公开他在雪柳湖畔的癫狂片段为条件来交换，恐怕是无法达成协议的。

“衣笠幸夫”和“津村启”这两个名字，我觉得都很好。我叫地主晓子，但我爸爸只是一个普通的上班族，不仅不是地主，还经常靠借钱度日。就因为祖先有这么一个不着边际的姓氏，我不知道被人在背后嘲笑了多少次。虽然我觉得津村先生的好名字浪费了，但从某个角度上说，不是地主却被称为地主（就算真的是地主）和与知名人士姓名发音相同这两件事还是有些类似的。

为了得到拍摄许可，摄制组承诺为在保育院拍到的其他儿童的脸上打马赛克。录制当天，津村先生在等大宫家五岁的女儿小灯放学时，和其他孩子的父母、老师落落大方地打着招呼，看起来不像是特意在镜头前装出来的。

他随手把红色的帽子罩在小灯的头上，小灯也极为自然地接受了，自己把帽子戴好后跨上自行车的后座。接着津村先生毫不犹豫地蹬起自行车的踏板，像飞出去的箭一般驰骋在住宅区的街道上，在后面紧追不舍的我们跟丢了好几次。按照他告诉我们的路线，我们找啊找啊还是找不到，最后只好给他打电话。在拐角处停下车后，只见面前有一段很长的坡道，津村先生带着小灯正用力蹬车爬坡。

到了大宫家后，津村先生从冰箱里拿出事先买好的食材，开始给孩子们和自己准备晚饭。起初小灯在我们面前还很紧张，渐渐习惯后可以放松聊天，还喊津村先生为“幸夫”并帮他干活。津村先生一副悠然自得的样子，看起来丝毫没有因为被小灯在镜头前叫真名而感到不安，和在雪柳湖的时候完全不同。不管我们提出什么要求，他都连连说“好”，尽数答应了。他不太娴熟地握着菜刀，和小灯站在厨房里慢慢做饭，不一会儿大宫家上六年级的儿子就回来了。暑期补习班傍晚就下课，所以津村先生不需要待到晚上，但他已经习惯了，每周还是会像这样在大宫家里待两天。晚饭有米饭，速食汤，还有纳豆、蔬菜和肉混合做成的小菜，他们三个人围在餐桌边，津村先生谦虚地表示孩子们主要靠在学校吃的午饭摄取营养。晚饭很简单，但是看着他们就着热气腾腾的汤汁呼噜呼噜地吃下饭菜时，我觉得这顿饭一定很香。

吃完晚饭后稍微休息了一会儿，他们收拾碗筷时不知从哪里传来了砰砰的声音。小灯拉开窗帘，只见窗外东京方向的天空中绽放着五颜六色的烟花，留下一圈圈小小的圆弧。

夜空中烟花轻轻地绽放，无声无息地融化在黑夜里，待光点消失后声音再次传来，紧接着又有烟花轻轻地绽放开来。这场景有趣得很，于是三个人并肩站在阳台上眺望。真平自信满满地解释着为什么声音传来得比较晚，放烟花的地方距他们有多远，津村先生和小灯赞叹不已，后来三个人一起数着从烟花绽放到声音传来之间的时间。我站在扛着摄像机的海野身旁，鼻子一酸。我从没见过这么融洽的一家人，他们看起来就像真正的父亲与孩子们。

老实说，看到津村先生在雪柳湖痛斥逝去的妻子时，我觉得他脑子一定有问题，不想采访他了。夫人被那样的事故夺走了生命，是一件多么恐怖又令人惋惜的事啊，而这个人却完全不考虑这些，只想着自己，说自己遭受了多大的挫折。夫人又不是自杀的，而是在意外中丧生的受害者，但是他那一番话好像在说意外是夫人谋划的一样，我真是大吃一惊。真的是家人吗？真的是一路相伴一起生活的夫妻吗？如果这就是夫妻，我宁愿不结婚。

可是看到和孩子们在一起的津村先生后，那种想法就抛到脑后了。津村先生现在一定在重生的路途上。我一直以为写过书的知名作家一定比我更有人情味，现在觉得津村先生也不过是一个普通人。我慢慢理解了，他一定是无法接受挚爱的妻子死亡这一残酷现实，因此才故意忘却悲伤、因变成孑然一身而愤怒不已。失去所爱固然悲痛，但也因此结下奇妙的缘分，有了全新的人生际遇，产生了新的联系。形式虽然发生了变化，但是津村先生又有了新的家人。我宁愿相信津村夫人的死不是徒劳，她也一定在天堂微笑着守护先生。

“我和他们接触之前，总觉得孩子就是孩子，但是最近觉得他们不是孩子，而是小大人，具有完整的人格，给我的人生带来了很大的影响。”

烟花表演结束后，孩子们去泡澡，津村先生坐在不宽敞的阳台滔滔不绝地讲了起来。海野去拍摄孩子们，田原则用小型摄像机拍摄津村先生。

“像我这种每天在家里工作的人，在日常生活中经常感觉不到自己活着。随着年龄的增长，身体在衰弱，接近死亡，好奇和感动都在减少，也感觉不到自己的成长。但是和他们在一起生活后，我感受到了时间的流动。上周还不知道的东西，这周就被他们刻入了血液和身体中。和他们两个人在一起的时间，我深深地感觉到时间是永恒的。”

“是不是会不住想为什么遭遇不幸的不是自己，而是妻子？”

“是的。只有自己活着，这意味着什么呢？我不禁这样想。没有她的日子里我该怎么活下去？我对她很愧疚，但是如何将这份愧疚投射在活着的人的人生里呢？我应该如何善待他们呢？我能否编织一丝只有经历过这场死别才能得到的幸福呢？还有，如果没有这场死别，我还不知道该如何面对悲伤。虽然失去亲人很痛苦，很难接受，也会迷失自我，但是我不想逼着自己忘记。我想和妻子的死一起活下去，一直，一直想着这件事活下去。想着她，好好过自己的余生。”

我很赞同津村先生的话，不由得重新审视他。果然是一个真挚的人，一个了不起的人啊。我很羞愧在不知道他内心纠结的情况下，错误评判了他。

就在这时，玄关旁边的浴室里突然传来了动静。我不知道是设备故障还是孩子们摔倒受伤了，急忙透过阳台的玻璃窗看向那边，只见海野两手护着设备边喊着“停下”边从浴室里冲出来，跑向起居室。

接着一个清晰粗犷的男声在浴室门口响起：“该说停下的人是我吧？”

津村先生喊了一声“阳一”，瞬间像发射出去的火箭一般越过我们向浴室的方向冲了过去。

当时兄妹两人似乎正在浴缸里嬉戏，海野把摄像机放在他们脱下衣服的地方拍摄，突然小灯从浴缸里站起来，大大咧咧地对着摄像机的方向敞开大腿开始洗身体。海野慌了神，对小灯说：“小灯，你把身体扭过去一点，背对着我。”就在这个时候大宫先生刚好回来了，从后面狠狠踢了海野一脚。

“变态企划案！你那样子我肯定会这样想啊！”大宫先生走到起居室，脱下似乎冒着热气的袜子盘腿坐在地毯上，一边揉着脚趾头，一边高声说道。

土井和田原在大宫先生对面坐好，气势被刚才那一幕完全压倒了。被踢了一脚的海野摔倒在地，镜头遮光罩撞上浴室门转角处，完全变了形。

“来我家拍摄倒是没什么，这不是要拍幸夫的节目嘛，但是洗澡的孩子们就别拍了吧？”

“您说得没错。我们没想到会这样。”

“对不起阳一，都是我的错，孩子们也没法拒绝我。”

“真平，你倒是说话啊真平！因为要上电视所以要飞起来了吧！臭小子！”

“没有飞起来。”

“小灯，你也是，被人看到洗澡的样子不知道害羞吗？你已经五岁了！爸爸我最讨厌傻女孩了！”

“哼！”

与之前津村先生和孩子们在一起时的悠闲和睦氛围不同，场面变得剑拔弩张起来。大宫先生的话没错，但是方式太直接，他不会和人好好说话，总之我觉得他是个令人害怕又困扰的人。我终于明白孩子们和津村先生亲近的原因了。

情形已经不适合继续工作了，于是我们决定就此收工。孩子们在大宫先生的指示下和大家说完“再见”后就进入了各自的卧室。面对心情不佳的大宫先生，我们一言不发地收拾起东西来。制作人土井把津村先生带到玄关外商量之后的事情。

就在这时，盘腿坐着的大宫先生叹了一口气，挺直上半身挪到了佛龛前，从便利店购物袋里拿出营养型饮料供奉在妻子遗照前，然后静静地合掌。我马上向田原望去，只见他把刚放到包里的小摄像机又拿了出来，按下录制键，为了不惊扰大宫先生，把相机递给了我。我跪坐在大宫先生身边，等他睁开眼抬起头后问道：“抱歉叨扰，请问可以给我们讲讲您妻子吗？”

“可以啊。”大宫先生说。声音非常平静。

被问到“可否摄像”时，大宫先生仰起脸向我们微笑着比出一个 V 形手势，没想到他那么可爱。

他说每次下班回来就会把营养型饮料供奉在妻子遗照前，

出门工作前再自己喝掉。“如果不喝掉就会被孩子们说成是营养型饮料专柜了。”大宫先生笑着说。听说他的妻子生前是护士，单身的时候经常值夜班，喝一瓶这种饮料能补充体力。

“总之呢，我喜欢工作。明年真平上中学、小灯上小学后，我打算去综合医院最前线工作。”大宫先生滔滔不绝地说起妻子的事，中途还去卧室拿出了妻子以前的毕业相册，小灯跟着他出来坐到他腿上听着。大宫先生不光说了妻子的事情，还提到了照片里妻子旁边的津村夫人。大宫夫人在结婚前叫橘雪，津村夫人结婚前叫田中夏子，两个人在点名册上紧挨着，因此成了好朋友。照片上的津村夫人面容姣好，当时流行蓬松披发，而她把头发利落地绑在后面扎成丸子头，十分显眼。“哪种更漂亮呢？”大宫先生突然问道，然后兴趣盎然地看着我们答不上来的样子，说，“是小夏吧？”他嘻嘻地笑着，露出了一口黄牙。

“可是呢，我老婆从初二到高中毕业都没有断过男朋友。而小夏虽然在班级、上学路上和别的学校的文化节上都受到追捧，但是男生们搭讪后就都退缩了。一直这样可怎么行，于是我老婆就教小夏怎样和男生交往。就凭她这种长相，哈哈哈。”

坐在腿上的小灯似懂非懂地也跟着笑了起来。大宫先生说起妻子时显得很开心，可能是因为比妻子小九岁，给人一种天真无邪的感觉，和刚才那个恐怖大叔完全不同，对津村夫人的故事也记得很清楚。我突然想起已故奶奶的一件事。我上小学时，好朋友由里从单杠上掉下来摔折了锁骨，奶奶哭泣不止。问她为什么哭,她说她爱我的好朋友就像爱我一样。于是我觉得大宫先生是真心爱着妻子，以至于事故已经过了半年之久，妻子还在他的心里好好活着，也许他内心的伤口还没有愈合。这一点和津村先生有很大的不同，津村先生通过和孩子一起生活，慢慢地站了起来，努力向前看。津村先生从没说起过夫人，我们还是从大宫先生这里才第一次听到她的事。

“夫人不在，您孤单吗？”

手持摄像机的我向大宫先生提问道。我没想到会脱口而出这句话，一旁的田原好像也吓了一跳。我想之后可能会被他训斥，但眼下只能努力拍摄。

大宫先生慢慢地看向我这边，仍旧笑容满面。“孤单啊，孤单得受不了。”

“有什么想对夫人说的话吗？可以通过摄像机告诉她。”田原趁机把这个模式化的问题抛给了大宫先生。

大宫先生毫不迟疑地直直看向镜头说道：“我希望你回来。只有这个。”然后再没说话。

我们不禁被大宫先生的情绪感染了，一股情绪涌上心头。想想确实如此，别的话也没有说的必要。为什么刚失去亲人半年就要整理好心情呢？背后突然传来一声吸鼻子的声音，往后一看，土井不知道什么时候从玄关进来了，正坐在起居室的角落里，鼻头红红的。

当我准备将视线移向取景框时，捕捉到了津村先生的表情。他站在土井旁边，倚着橱柜，注视着屋子里发生的一切，目光和在雪柳湖时不同。我从没见过那样的他，慌忙把视线移到取景框，隔着镜头看到沉默的大宫先生正抖着腿逗小灯玩。我不禁在心底感叹道，既难受又温暖，真是一幅好画面啊！然而，无论我怎么控制情绪，心中那股不可思议的火焰仍在熊熊燃烧。好想拍，好想拍。好想拍下那个谁也没注意到的津村先生，和他那无法与人分享的像铅一般的黯淡目光。

编辑

津村启先生：

您好！

在这绿意不足的热浪之下，不知从哪里还会传来响亮的蝉鸣。今年夏末的残暑尤为难耐，先生别来无恙？

前些天我看了电视上播放的您的纪录片特辑。

我听您的经纪人岸本说近来您的生活已经渐渐步入正轨，我真是没想到发生了那么大的变化。

和事故发生一个月后我见到您时完全不一样，现在的您很有精神，很高兴能通过画面看到您现在的生活状态，如此我也就放心了。不过，出于我们长期以来的交情，我才抱有如此私人化的感慨，接下来我要写的东西很残酷，如果您心情不好，就请先合上，待状态好转后再过目。毋宁说，我强烈推荐这样。我并不想让您的心情不佳，损害您的健康。可能您不相信，但是我真心希望您身体健康。作为一个一路陪伴您作家生涯的编辑，如果隐瞒真心，那才是没有诚意的态度，因此我才下定决心提笔。望您理解。

接下来都是真心话。假如我们素昧平生，我一定会毫无顾虑地评论那档节目为“无聊的二十分钟”，尤其是片尾采访您的那部分。在电视上说出孩子们像大人一样拥有独立的人格、留您一个人活在这世上的意义之类的话，确实显得平易近人而且立意深远，但是恕我直言，我只听到了到处能听到的标准答案。先生您对此有什么要反驳的吗？

我不知道观众每天在新闻节目里期待听到什么样的内容，但是作家津村启失去妻子半年后就已经精神抖擞，一扫阴霾开始了新生活，感悟到了事物的本质，虽有些笨拙但活得比之前更好更充实了，您觉得人们会因此感动吗？如果您真这样想，我只能说您太迟钝了。人类的本性是喜欢欣赏别人的痛苦，光说漂亮话是不行的。双亲身体健康，生了一个桃太郎，在没有鬼怪的和平世界里既不用舞剑也不用贿赂，通过互助合作的精神取得世俗意义上的成功，在家人的爱的氛围下往生，这么圆满的故事连三岁小孩都不会喜欢，先生您应该明白。比起能说会道的您，那位两个孩子的父亲的表情和简短的话语更加真实，能让人想象到他抵抗现实时钻心彻骨的痛，不是吗？那位父亲没有哲学、思索、彻悟，没有考虑从悲剧中得到了什么，而只是作为一个痛失所爱的人与残酷现实对峙。可以说这是那位父亲的胜利，是先生您的失败。

津村先生，您现在没有与某个人产生情感上的联系。我不是在诅咒您，不希望您幸福。这是一件好事。一个写作者与世界的联系伴随着人类无法解决的孤独和绝望，身为编辑的我是这样认为的。我不是说您至今为止的生活都是虚假的，或许您在自己家庭中没能明白的强有力的真理就存在于现在这个家庭中。但是如果认为在这里一味奉献，过去的悲伤和失意就能得到消解，这恐怕是您的错觉。它们就在那里，而且就在您与外界产生各种各样联系的地方。您一定会嘲笑把悲剧当成赚钱工具是无能的行为，那么有能力的您何不让我们看看到底该怎样面对悲剧？而且，就算您长相英俊，镜头前也实在不是您发挥才能的舞台。

请写下来！请您尽情地嘲笑只能写下这句话的我们是多么无能，再没有比这个更重要的事。所以请您把它写下来！

随时恭候。请您保重。

R 社文艺部 桑名弘一郎谨启

八月二十五日

读完这封信后，衣笠幸夫把它扔到地上三次，喊了三次：“你来写写！”

孩子们在科学馆的大厅里跑来跑去。“小灯，别跑！”衣笠幸夫高亢的声音响彻大厅。

整个夏天，大宫阳一基本都在外面奔忙，三四天不回家是家常便饭，一周左右不回家也不稀奇。有货物了就要送货，和对方联系好后再度上路，有时候还要去完全相反的方向。终于回到县里，早上装完货物后，上午回到家就倒头大睡，下午起床后和孩子们玩到半夜，第二天早上又消失不见了。大宫阳一整个夏天都是这样，几乎没有休过一天完整的假期，不知不觉真平就要开始新学期了。对于两个孩子来说，暑期大人工作不休息不是什么稀罕事，加上真平去补习班的次数增多，今年的夏天忙忙碌碌地就过去了。幸夫从保育院接小灯回家的路上，看到迎面走来的穿着五颜六色夏季和服的小朋友和家人出门玩耍，偷偷看了看小灯的反应。他没有驾照，不能远行，于是说服阳一带大家周边游半天，于是四个人一起来到了市内的科学馆。

四个人并排坐下抬头观看圆形屋顶上的天体运转模型，灯一灭，众人静待星空出现，这时阳一的鼾声在静谧的馆内震耳欲聋。坐在旁边的幸夫又推又戳，三十分钟放映结束，走出馆外的时候，阳一的表情晴空万里，其他三个人则不约而同地噘起下唇。

阳一道歉，又解释说经常看到星空，还得意地说在县内的秩父就能看到漂亮的星空。幸夫反驳道："可是你又不带我们去秩父。"孩子们也异口同声地附和起来。

后来他们又去看科学展，那里人很多，一个身穿白大褂、个子不高的女子和一个五岁左右的小男孩并排而立，口含吸管，向装着透明水的烧杯里呼呼地吹气，随即烧杯里的水变得有些浑浊，女子移开吸管，对周围的孩子们说："哎呀，这到底是为什么呢？烧杯里的水发生了什么？"

"变白了，浑浊了。"孩子们的回答声此起彼伏。

"没错，出现了白色混浊物，可为什么只有我的烧杯里出现混浊了呢？实际上我的烧杯里是溶解了石灰的石灰水，石灰水和某种物质混合就会变浑浊。那么，我呼出的气体中到底含有什么物质呢？”女子说着环视场内，一只眼睛有点斜视，“请那位爸爸回答，是什么呢？那位穿着奶油色T恤和蓝色格子衬衫的爸爸。”

女子知道别人很难确定她的视线究竟聚焦在何处，因此转向阳一，笔直地伸出右手，清晰地说出了阳一的穿着。

阳一睁大了双眼。

“是什么呢？您觉得我呼出的气体中有哪种物质让水变浑浊了呢？”

“报告老师，我不知道！”

听到阳一那与女子声音不相上下的响亮回答，场内的大人们都笑了起来。

“您一定知道。一个提示是，那种气体是二……”

“二……大蒜味的口臭！”①

这回连孩子们都放声大笑起来。

女子满脸通红。“也许真的有，可是……”接下来的话被孩子们的笑声淹没了。小灯也大笑了起来，真平捂着脸嘟囔了一句：“是二氧化碳。”

女子尴尬地笑了笑，等待着场内安静下来，突然目光停在了某个地方。幸夫感觉到她正在盯着自己。通常陌生人盯着自己看的时候，只要把视线移开，装作没发现就好了，可

①在日语中“二”与“大蒜”的首音节发音相近。

是幸夫这次看了回去。接着女子的脸上染上一抹红晕，慌忙把脸扭过去，最后没等场内安静下来就继续进行科学表演了。

“为什么要说那种话？”表演结束后，真平诘问阳一。

在面向广场的咖啡馆里，阳一呼噜呼噜地吹着可尔必思苏打水给小灯演示，听了真平的话抬起头来。“什么为什么？只是想到了那个而已。”

“怎么可能只想到大蒜味的口臭呢？”

“嗯，有点对不起那个老师。”

“太难看了。”

“真平，是‘难堪’。”幸夫一副妈妈的语气纠正道。

“真是的，什么都管，真啰唆啊。”

“你才啰唆，什么都管。我不知道什么二氧化碳，可能是大蒜味的口臭啊，所以要留意自己有没有，这一点在生活中更有用吧。”

“要呼出二氧化碳，植物才能生存，这点更重要！”

“什么啊，什么意思？”

“算了，没什么！”

真平说完就跑向广场中央孩子们玩耍的喷水池，小灯紧随其后。

“怎么了？叛逆期？”阳一朝对面的幸夫嘟囔道，“小雪还在的时候他可不对我这样。”

“到年龄了，很正常，别太在意。而且这样对你不正说明他在精神上更依赖你吗？”

“可是最近我一说到小雪，他就不高兴。”

“因为大家和你不一样，不能想说什么就说什么。他也有内心的芥蒂，和小雪之间的。”幸夫想起了那天晚上真平流着泪说的真心话，“人是很复杂的，不可能只有好的回忆，还有不好的回忆。”

“所以就忘了吗？或者努力忘掉吗？那可是世界上他唯一的妈妈呀。”

“不是的，我不是这个意思。”

“我小时候妈妈就不在了，身边的人渐渐地都不再提妈妈，我觉得非常难过，好像她从来没有存在过一样。”阳一呜咽着啜饮着玻璃杯底的苏打水，然后将鼻涕也吞到了喉咙深处，“我想和小雪聊天，想知道她和我们在一起觉得怎么样，开心还是后悔，可她就那样不在了，不知道她是怎么想的。”

“你不是经常在佛龛前和小雪聊天吗？”

“是啊，我向她汇报很多事。我说着，感觉她在听，但是她想说什么我却不知道。因为不知道，所以我就随意想象，可我想的是对的还是错的，都得不到印证。”

幸夫后悔起来了。只要一聊起小雪，阳一就重复着同样的话没完没了，不管如何安慰和鼓励他都没用，因为他根本就不想停下来。然而阳一却坚信这个世间唯有幸夫和他同病相怜，能感同身受。

“幸夫，听我们社长说，他妻子的熟人认识一个尼姑，能听到那个世界的人的声音，那个熟人因此还和她死去的儿子通话了。从那之后，她的心情就轻松了起来……”

“够了！”幸夫终于大声呵斥道。在他强硬的气势下，阳一不禁闭上了嘴。“你到底想干什么？那么做有什么用？听到了又能怎样？‘我是雪，和你们在一起很幸福，两个乖孩子，妈妈最爱你们了。’她这么说你就满意了？小雪的人生已经终止了，无论怎样都无济于事了，我们改变不了，说什么后悔也都太迟了。”

“可是幸夫，你不好奇吗？”

“不好奇！”

“如果见到了，你不想说什么吗？我可有话要说。”

“难怪真平会那样对你。阳一，你打算这个样子到什么时候？”

“什么到什么时候？这不才过了半年吗？”

“已经半年多了，快七个月了！”

“差不多啊。”

“阳一，你现在关心的只有小雪，你根本看不到眼前的孩子们。真平在夏天的全国模拟考中得了第几名，你还记得吗？暑假的自由研究课题中他调查了什么，你知道吗？小灯最近和保育院哪个小朋友要好，你了解吗？虽然你觉得这都是小事，但是孩子们的童年一去不复返啊。”

“……真厉害啊幸夫，你和小雪说了一样的话。”

“你看，又说小雪！”

“啊？”

“别看他们表面那个样子，其实心里也很担心，这不是很自然的吗？他们怎么可能忘记自己的妈妈？没有直接表现出来是因为考虑到在外辛苦工作的你。你真正应该面对的不是已经死去的小雪，而是活着的真平和小灯，不是吗？虽然痛苦，但是你必须在某个地方停下来。只想着回忆里的事而忽视了两个孩子，你觉得这是小雪所希望的吗？”

阳一沉默不语。

幸夫越说越起劲。“我现在可以照看两个孩子，明年怎么办？”

“哎？明年也继续来不就好了？”阳一理所当然地望向幸夫。

幸夫轻轻地哼了一声，笑着说：“等一下，真平上了初中后就不用去补习班了，我也就没有来的必要了。”

“为什么？”

“什么为什么！因为特殊情况我才有这么多空闲时间，从明年起就不能这么悠闲了，出版社还要连载我的小说呢。”

“不来了啊……”

阳一一脸被主人留在家看门的小狗的表情，幸夫见他这副样子，不禁偷偷得意起来，好像肚皮被羽毛挠过一般愉快。幸夫想：终于说出口了，不仅制止了阳一三番五次一直提起小雪，还终于让他真正明白了这个家的生命线如今在我手里，是我代替了小雪的角色。正因为有我，阳一才能保持着和小雪在世时一样的工作节奏，像往常一样喋喋不休，是我让这个家保持着原有的平衡。和残酷现实空手对峙的人不是他。什么叫“明年也继续来不就好了”，真是狂妄。

幸夫用余光瞥到沉默着的阳一，思考着接下来该发糖鼓励还是继续抽一鞭子，这时背后传来一个女声：“打扰了。”阳一抬起视线，幸夫也跟着抬头看向身旁，只见刚才科学展上那位身穿白大褂的女子点头致意后抬起头，从眼神中很难判断她要找的人是阳一还是幸夫。

在女子开口说话前，阳一率先向她道歉：“老师，刚才真是对不起了。”她摆了摆手，说道：“哪里哪里，反而是我要谢谢您的配合呢。”说着点头致意，看起来不像是来说刚才的话题的，那么大概是要找津村启。幸夫轻轻叹了口气。果然，接下来她把身体直接扭向幸夫的方向，开口道：“打……打……打扰一下。”

她自称是津村启的粉丝，早春时节在新宿咖啡馆里偶遇时还转达过节哀顺变的问候。因为她的妹妹当时生病了，妹夫又刚去世，正处于十分阴郁的状态，以至于在津村启情绪低落的时候没能控制住自己同他搭讪，对此一直很内疚。“没想到会在这种场合遇到先生，又想起前几天在电视上看到的纪录片里孩子们也在。”

她兴奋地说着，幸夫却十分难为情。这种事没什么大不了的，幸夫只记得余光里出现过这个人而已，刚想结束这个话题的时候，突然听阳一喊道：“真的啊？”接着又问，“你觉得拍得怎么样？怎么样？”引得周围的人纷纷侧目。阳一兴奋地请她谈谈有什么感想，刚才的失落就像没发生过一样。

“嗯……我非常感动。”

“真的？”

“我妹妹的病很长一段时间都没有什么起色，我已经快要承受不住了，听了津村先生在片子里说的话，我一下就轻松了。如果没有这场死别，我还不知道该如何面对悲伤。虽然失去亲人很痛苦，很难接受，也会迷失自我，但是我不想逼着自己忘记……”她滔滔不绝地说起幸夫在接受采访时的台词。

幸夫瞥了一眼阳一，只见他听得津津有味，沉浸在女子的讲述中，似乎已经完全忘记了刚才幸夫说的要停止对小雪的思念的话。或许他只是装作这副样子，其实已经完全看透了幸夫的表里不一。他仿佛感受到了幸夫的视线，直直地反盯回去，漆黑的瞳孔如同黑洞，一点一点默默压迫着幸夫。

“我想和妻子的死一起活下去，一直，一直想着这件事活下去。想着她，好好过自己的余生……”

“好了好了。真厉害啊，记得这么清楚，我做完的事就会忘得一干二净。如果忘不掉写完的稿子，就没法开始写下一部。”

“啊，哦。”

“啊，哦”什么嘛?！幸夫因这女子愚蠢的耿直不耐烦起来。为什么她一直追着自己，为什么会认为自我感觉良好的事情也会给别人带来同样的感受呢？而且这种人居然还是自己的粉丝！

“不是我泼你冷水，现实和创作不同，不会按照我创造的世界那样发展。就算不去追寻自己的本质，它也会运转下去。”幸夫说着转起笔来给她看，“还有，新宿的事你多心了，我记得那时自己心情挺好。你应该明白，现在是我的私人时间，那时候也是，现在也是。你一直让我听你的故事，这让我很困扰。”

女子大惊失色，慌忙道歉，连连低头。

“爸爸，过来！”喷水池那边传来了小灯大声呼喊的声音。她和真平打闹着，衣服全湿了。

幸夫边朝着小灯喊“这就过去”边站起来，又对女子说道：“如果你想为我加油，请给我一些空间好吗？这样我会很开心地写下一部作品。”

“对……对……对不起。”女子红了脸，慌忙低下头去。

幸夫不由胡思乱想起来：这个人看起来已经快四十岁了，身体却像没发育好的初中男生一样，一点都没有这个年龄段女性该有的婀娜感，她了解男人吗？阳一身上也有类似的天真无邪——打着没有恶意的幌子，随意践踏别人的世界和负疚的内心，让人慌张，幸夫对此感到厌烦。如果自己反抗，她一定不会接招，所以要让她身负重伤，让血飞溅出来。为什么会被她激发出这种心情呢？幸夫只想赶快逃离这个地方。

“对了,这个人也在纪录片里出现了,他是孩子们的爸爸。”幸夫敷衍着跑向孩子们所在的广场中央。

跑到一半他回头看了一眼，只见两个人坐在桌子两端，互相低头致意。迟钝的科学处女和丧妻后颓废的阳一，他都受够了。脑子里回荡的都是阳一的抱怨，那种悲叹不如倾吐到那女子身上，两个人互相安慰，哈哈，简直是绝配！幸夫边想边径直往兄妹俩玩耍的喷水池那边跑去。

小灯大概是在细细的水柱间穿梭时把衣服弄湿的，她玩得很开心，笑容灿烂。真平的暑期补习也终于告一段落，肤色偏白的他看起来比实际年龄更小，正露出洁白的牙齿笑着。不管别人怎么说，幸夫现在都拥有了这么一种同他人之间的稳固关系。自己是阳一和两个小朋友的救生索，这给了幸夫勇气，给十年来一直很在意别人毁誉褒贬的幸夫带来一种从未有过的感觉，他甚至觉得就这样被世间遗忘也没有关系。如果天崩地裂，无论读者如何沉迷于他的小说，那时候都只想扔掉书逃跑，就连那个女子一定也会踩着扔掉的小说只顾逃命。以前的幸夫一定会在大家都逃离之后独自伫立在无用的书山上，可是如今的他不一样了。他扔下笔，越过电脑，生命促使他去追寻。有人在呼唤他，他要紧握那细弱的小手一起逃跑。只要有他们三个人在，他就有逃跑的权利，就有活下去的理由。

半年前在遗属说明会上，阳一像一头野兽一般咆哮，当时的幸夫避之不及，但是放到现在，孩子们如果出了什么事，他也一定会流着长长的鼻涕毫不犹豫地把烂芒果砸过去。不，或许他会做出更有攻击性的事情。如果是以前的自己一定会嘲笑这种人，但他现在已经无所谓了，别人想笑就笑吧。幸夫体内多了一种从未有过的浓稠血液，他意识到了自己体内隐藏着至今为止的人生里唯一欠缺的一种和平。

“是得到了爱吧。”他嘟囔着，脱下鞋随手扔在一边，毫不犹豫地和衣进入水中，虽然没有带可以替换的衣服。三个人在喷水池里玩耍着，裤子都湿了。之前互不相让的兄妹俩在和幸夫一起玩耍时居然联合起来，将水花泼到他脸上。幸夫来不及擦掉，沉浸在无法呼吸的痛苦和清凉的愉悦中，两个孩子的笑声在耳边循环播放着。这里是天堂吗？还是——他摇晃着身体，努力将眼睛睁开一条缝，隔着水珠看到了远处咖啡馆里阳一独自坐在桌旁，对面已经没有人了。伴随着小灯可爱的声音，正面迎来了一捧水，幸夫再次紧紧地闭上了眼睛。这里是天堂。

衣笠幸夫似乎得到了爱。

那之后不久的一个星期六，外出三天后回来的大宫阳一去公司把卡车换成私家车，去市图书馆接上孩子们开往家庭餐厅。衣笠幸夫每周会有两天在家里给孩子们做饭，阳一不会做饭，只有他们三个人时通常吃便当店的小菜或者下馆子。

女服务员引导他们走向里面的四人席时，小灯戳了戳父亲的胳膊肘。阳一顺着只有自己腰部那么高的小灯指的方向看到一个人，大声喊了出来："老师！"

坐在二人席上的镝木优子正边看科学杂志边往嘴里送乌冬面，听到阳一的声音后吃惊地抬起头来。这一天她穿着浅橘色薄款卫衣和牛仔裤，比穿白大褂的时候看起来年轻多了。

"晚上好！"真平打招呼道。小灯也小声问好。

"您家是在丸木町啊？"

"嗯，嗯，对。上次真的非常抱歉。"她慌忙吞下嘴里含着的乌冬面，欠身致意。

"不，是我们给您添麻烦了。那个，没有耽误后来的科学表演吧？"

"没有，但是用瓶子制作的火箭发射失败了。"

"失败了两次，我看见了。"小灯高兴地说。

“是的，失败了两次。”镝木优子难为情地回答道。

阳一哈哈地笑出了声。

孩子们点了各自爱吃的食物，阳一则点了无酒精的啤酒，他们三人坐在镝木优子的旁边。镝木优子看了看真平摊开的补习班数学教科书，笑着点了点头。

“简单吗？”真平问。

她说：“不，我觉得很难。六年级就要做这么难的题吗？”

镝木优子在这一带出生并长大，小时候也上过真平正在上的那家补习班。“我小时候这一带只有那一家补习班，楼很旧，冬天在里边会觉得很冷。我们用的是同一种教科书。”

得知镝木优子上的中学后，真平感叹道“真厉害啊”，然后向爸爸和妹妹介绍说那是县里最好的私立女校。

镝木优子耸了耸肩，又问真平：“你想上哪所中学？”

真平稍稍迟疑了一下，然后探出身子和她耳语一番。

镝木优子微笑着赞叹道：“哇，好厉害！”她笑起来时两边的脸颊有两个小酒窝。

小灯因为和这位意想不到的客人一起吃晚饭而兴奋不已。真平拿出理化课本问镝木优子问题时，小灯坐立不安，连来这家店必点的咖喱鱼贝鸡米饭也没怎么吃。

镝木优子起身去卫生间的时候，小灯夹起一块炸猪排把嘴塞满，然后抓着阳一的胳膊把两只眼珠子挤在中间，说道：“她。”

小灯像往常一样等着爸爸大笑。在科学馆第一次见到镝木优子的时候，小灯就觉得她的眼睛很神奇，从那之后经常在家里的镜子前模仿她。小灯在保育院模仿给朋友们看时，大家都惊呆了，争相模仿起来。但是她没有听到爸爸的笑声，哥哥也没有笑。怎么回事？待她两眼恢复原位时，看到爸爸的脸上完全失去了血色。

“你敢再做一次试试！”阳一低吼，在小灯柔软的肚子上拧了一把，“我说，你敢再做一次试试！”

小灯最讨厌爸爸这样说话，也不说原因，反正就是用这种语气来吓唬她。明明是为了逗爸爸笑才做的，有什么错？哪里让爸爸不舒服了吗？没错吧？小灯再次面向阳一，把两只眼珠子挤在一起。

小灯用余光看见放有炸猪排饭的深绿色托盘上的黑色筷子飞散而去，一根筷子撞到桌子角上弹了起来掉在了地上，伴随着什么东西破碎的声音，她“啊”地大叫着，整个身体撞到了沙发上。对面的哥哥面无血色地看着自己。镝木优子不知道什么时候从卫生间回来了，目瞪口呆地站在过道上，和哥哥一样面色惨白。左边的脸颊疼了起来，小灯这才意识到被爸爸打了一巴掌。然后她像是要用头撞桌子似的整个身体扑了上去，把手能够到的范围内所有盘子和杯子都乱推一通，然后伏在桌上大声哭了起来，越哭越感到左边的脸颊痛得发麻。

真平叹了一口气。傻瓜，我的妹妹是傻瓜。看到爸爸脸色变了的时候为什么不停止呢？明明知道继续做下去会遭遇悲惨的结局，却还是将信将疑地继续下去，最后只得落个自己和周围的东西都受伤的地步，这是妹妹和爸爸相似的地方。本来开心的一天因为这件事全都完蛋了。但是说实话，真平不是第一次见小灯那样做。四五天前两个人一起洗澡的时候，小灯就突然像刚才那样把两只眼睛挤在了一起，当时真平笑出了声。小灯问他："你能吗？"他说"当然了"，说着也把眼珠挤在了一起。兴高采烈的小灯差点磕在浴缸的边缘。原来她是在模仿科学馆的老师啊，真平做梦也没想到。不过就算知道，估计他也没有办法阻止今天发生的状况。真平听着妹妹的哭声，这样想道。

"真的做梦也没想到吗？"他好像听到了妈妈的声音。

真的，我没撒谎，真的是做梦也没……

比起对妹妹直接发火的爸爸，大概妈妈更讨厌心底懦弱的我吧。真平想着想着，耳郭烫得快要烧起来了。

小灯身上粉红色裙子的膝盖部位被洒了的葡萄汁染了颜色。镝木优子蹲下给小灯擦拭，但是太用力了，小灯喊了起来，哄也哄不好。阳一说"不用了，老师，不要管她"，然后捡起筷子继续吃饭，真平想说什么却没说出口。最后没办法，镝木优子说着“用水洗洗看吧”，把小灯从沙发上拉起来带去了女卫生间。

她脱下小灯的裙子，让小灯在隔间里等她，然后认真地洗起连衣裙。葡萄汁全都洗干净了，反而是之前溅上的咖喱汁更明显。她打上液体肥皂，用指尖搓洗。

“你在吗？”隔间里传来一个细细的声音。

“嗯，我在。”

“我可以出来吗？”

镝木优子脱下针织衫裹住小灯。终于停止哭泣的小灯看着洗干净的连衣裙点了点头，好像在说“这样就好了”。两个人抓着连衣裙的两端，一边用烘干机烘干连衣裙，一边玩起了接龙游戏。大象，橡皮，皮球，球拍，拍手，手帕，怕生，生气，气温，温度，肚子，子弹，蛋糕，高山，山羊，羊毛，毛衣，衣服，服装，装饰，饰品，品味，味道，道路，路口，口袋，袋鼠。镝木优子输了，小灯笑了。

“小灯，爸爸为什么生气了？”镝木优子问她。

小灯想了一下，跟老师约定好看了绝对不生气、绝对不告诉爸爸，然后把两只眼球向中间一挤，让镝木优子看。

“嗯，学得很像嘛。”镝木优子说道。

小灯视线低垂。“因为我练习了。”

镝木优子语重心长地说：“你爸爸是怕伤害到我。”

“为什么？”

“我的眼睛好玩吧？你爸爸担心你拿这个取笑我，会伤害到我。”

“我伤害到你了吗？”

“并没有，因为我的眼睛就是这样嘛。但是怎么说呢……要是你爸爸也笑的话，或许会伤害到我。”

“我就该被打吗？”

“当然不是。”

“我不会再那样做了。”

“谢谢你。都因为我，让你疼了。”

“已经不疼了。”

连衣裙终于干了，小灯从头上套进去，闻到一股肥皂的香味。她自己穿衣服的时候，背后的扣子都不会系上。这次老师给她系好，又抚平了裙摆上的褶皱，然后突然说道：“啊，内裤上有个小洞。”

回到座位，小灯吃着已经冷却凝固的芝士，其他三个人耐心地等她吃完。走出店后，清澈的夜空中高悬着一轮月亮，小灯指着说道：“是满月。”

镝木优子说：“还差一点哦，还有两天就是十五了。”

阳一说正好要和孩子们去镝木优子家附近的优衣库商店，

可以顺路送她，不过她指了指停车处停放的已生锈的淡蓝色自行车，羞涩地说是她妈妈的。那辆自行车让人无法恭维，踏板发出咯吱咯吱的声音。镝木优子骑车的声音渐渐远去，咯吱咯吱声也最终被驶上国道的汽车的轰鸣声掩盖，最终看不到她的身影了。小灯一直挥手，一阵风吹过，连衣裙上还没有干透的地方贴在身体上，冷冰冰的。待他们停在优衣库店前的时候，已经到了快关门的时间。三个人匆匆忙忙地跑到童装区，真平拿了一双袜子，小灯的裤裆变紧了，于是她拿了一条大一号的内裤。

我

这一天还是来了。

十月的第二个星期日是真平参加运动会的日子，我前一晚就住在大宫家，一大早起来和阳一一起做了人生第一份便当，之后带着便当和小灯一起去学校为真平加油。真平的接力跑本来完全没有胜算的，但是由于前两名争夺太激烈相继摔倒，最后真平成了黑马，第一个到达了终点。我们三个人高兴坏了，不好吃的炸鸡块和砂糖洒得不均匀的煎蛋也吃得津津有味。五六年级的学生做团体操的时候，阳一看着越叠越高的孩子们又想起了小雪，滔滔不绝地说了起来，我真是败给他了。看着人梯中间和同学们叠着肩膀努力保持平衡的真平的背影，我不由得心中一热。

最后我们决定开一个火锅派对来结束美好的一天。大家一起去买菜，一起准备食材，一边谈论着运动会的趣事一边吃什锦火锅，一切都按计划有条不紊地进行着，我还专门从家里带来了中元节收到的一瓶烧酒。可是不知道为什么，那个科学馆的女人一脚插了进来。

“镝木老师说是要来。”

买完菜回家准备的时候，真平打开手机信息念给大家听。

谁？镝木老师是谁？

我完全不明白发生了什么事，都是因为真平和阳一没有跟我解释清楚。好像是周五的晚上真平打电话问她数学问题时，告诉了她今天我们要开一个火锅派对。为什么要告诉她？更重要的是，怎么会有她的电话？他们向我解释后，我还是不明白。

“她是你的粉丝呢，我想她应该有很多话要对你说。”阳一说出了邀请她来的理由。

原来是这样。她可能有话对我说，但是我完全没有话要对她说。好像在我不知道的情况下，大宫一家人已经和她亲密起来了。我在意的是为什么从来没有人向我说起这一切，他们是觉得没有必要说，还是不想说？

没等火锅中的食材煮好，我就打开烧酒的盖子，空腹喝了两三杯。阳一说明天一大早要出门，然后大家就吃了起来。说实话，很没劲。她来的时候我已经喝得醉醺醺了。她和往常一样红着脸，和大家打过招呼就在桌子旁边坐了下来，依然土里土气的，没有一丁点女人味，实在是太没劲了。然而我还抱着某种期待，她来这个家的真正目的还是想跟我套近乎吧，这种粉丝心态真令人困扰。可是她坐下后一直没有要说我作品的意思，只是在听孩子们兴奋地讲今天一天发生的事，或震惊，或像傻瓜一般附和着。没劲。

我已经完全进入了一种烦躁的状态，连火锅都洋溢着一种廉价的味道，蔬菜也切得太随意，扇贝就像橡胶，鳕鱼的刺太多，烧酒包装好看但喝起来不怎么样，阳一粗俗，孩子们聒噪，那女人太丑。

就连真平也完全没有在她面前小心谨慎地保护小灯的样子，好像在与亲戚聊天似的无拘无束。这是为什么呢？这女人到底有什么好？看起来一无是处的她傻乎乎地坐着。看着她那张脸，我更郁闷了。臭女人，臭女人。不过就是个女人！我可在这里待了五个月！

我又想，孩子其实最贪图眼前利益，而且丝毫没有把这一面隐藏起来。人们总认为他们没有私利和私欲，很单纯，那只不过是固有观念而已，他们想得到快乐的欲望要超过大人，而且不知深浅。只要自己开心，就可以无视别人的心情，践踏别人的想法，而且毫不踟蹰。他们不讲人情和道义，在大人面前完全不懂分寸。如果把这定义为单纯，那他们确实很单纯，就像动物。要说像动物，再没有比他们的爸爸更像的人了。

“幸夫，孩子们从镝木老师那里学到了很多东西呢。”阳一流露出了毫不怀疑主人之爱的狗的眼神，“听说您父母可以帮有工作的人带孩子？”

我没有看阳一的眼睛，继续吧唧吧唧地嚼着嘴里的扇贝。

“啊，啊，那个，就是本地自治机构举办的地域性育儿支援活动，我父母都参加了，在家里照顾那些父母暂时不在的孩子……他们都退休了，有大把的空闲时间。”同之前一样，她的视线没有焦点，眼珠左右转动着看来看去。难道是因为平时就会在很多人面前教学吗？她说起话来清楚明了，这样看来，她可能没有发疯。

“镝木老师家离保育院好像很近。”

“什么意思？”

“怎么说呢……”

“你不是说过请人照看要花钱，所以有些为难吗？你之前不是明确说过不会这样做吗？”

“我说的是明年的事啦！你看，你明年也要忙起来了，不方便的时候就想请老师的父母照看一下孩子。我可以用事故赔偿金支付。”

好像在说都是因为我，他们才被逼到这步田地的。因为我不行，所以才要请她帮忙吗？毫无原则地请任何人都行？扇贝被我嚼得一点味道都没了，我一口吐在了小盘子里，然后穷追不舍。

“接送怎么办？她能来接孩子吗？家里三四天没人的时候怎么办？”

“没错，机构原则上是由父母接送，但是我可以和上司商量一下，看可不可以用我们的车来接送她。”

“哦，哦，开车？那个，不好意思我问一下，你父母多大年纪了？”

“嗯，我爸爸七十四岁了……”

“什么?！七十多岁的人晚上开车带着孩子？这怎么可以？喂，你觉得呢？嗯？小灯，你想坐不认识的老爷爷开的车吗？”

“那个……实在不行我也可以开车的。”

我说不出话来了。

接着真平也加入进来：“我几岁开始可以骑车带人？”

什么嘛，连你都赞同？难道你打算骑着妈妈的自行车带着小灯送到她家去？你能行吗？阳一和那个女人认真探讨起骑车带人的年龄来。哼，越来越挤，我在这个家的空间越来越挤了。我完全没了气力，斗争的意志也受挫了。这时我身边另一个声音在这个话题上引爆了一枚天真无邪的炸弹。

“老师，你有孩子吗？”

“对，偶尔带过来吧。”

“老师的孩子？”

“嗯，不是吗？要照顾什么的。”

“没有孩子吗？”

“我？我没有孩子。”

“为什么？”

“因为我还没结婚。”

“为什么？”

在单纯这一点上丝毫不逊色的镝木老师微微笑了。

“哈哈，小灯，你问的这个问题可真厉害啊。”我说着笑了。

小灯直勾勾地看着我。“哪里厉害？幸夫，你为什么没有孩子？”

“好了，不说了，很多东西你不懂的。”

很少会出现这种事。阳一制止了小灯，他觉得那个问题是我的雷区。不用在意，我没关系。

“不懂什么？”

“小灯啊，有孩子不完全是一件好事。”餐桌上的气氛骤然改变。我的话清清楚楚地传递给了孩子们。“浪费时间，浪费金钱，要牺牲的东西像山一样多。对吧，阳一？任性，狂妄，反应迟钝，就算费尽心思好好养育也不会长成父母期待的样子，还有的孩子把父母的人生弄得一团糟。没有孩子就会减少很多风险。风险，懂吗？就是危险的事情，吃亏的事情，会受伤的事情。”

“够了，别再说了。”阳一阻止我，谁要他管我！

“本来就是嘛。小灯，不是结了婚就会自然而然有孩子的。”

“你在说什么呢，幸夫？”

“当然也会有生不出来或怀不上的情况。我呢，是因为不想生。我不想要孩子。”接着，我又问那个女人，“你喜欢孩子吗？”

“啊，啊，嗯，喜欢。”她的声音有些颤抖，但还是清楚地回答道。

“是吗？什么样的孩子都喜欢？”

“什么样的？”

“这世界上不是有各种性格的孩子吗？反正我是无法接受所有的孩子。因为是自己的孩子，所以一定要去爱他们吗？看看这世上的很多例子，好像很多都不是这样的。还有你，难道从来就没有犹豫过要不要生孩子？难道从来就不害怕想象自己的孩子将来会是什么样子的？”

“小夏是怎么说的？”阳一突然低声问我。

“什么？”

“我问你，小夏是怎么说的。她不想给你生孩子吗？”

什么？你在说什么？“她不想要，她不擅长养育孩子。她说自己缺乏母性，亲口说的。”

“幸夫，你真的这样认为吗？”

“那还用说！”

“她和我们在一起的时候，大部分时间聊的都是你，可我连见都没见过你。她总是会开心地说幸夫喜欢这个，幸夫讨厌这个，幸夫这么说的，要是幸夫的话他会这么做……说的都是你。”

“你想说什么？”我颤抖着问道，其实不想再继续听下去了，“这和孩子的事有什么关系？而且那都是什么时候的事了？就算有过一段那样的时候，但也都变了。父母和孩子也是，夫妻之间也是，朋友也是，昨天和今天已经变得不一样了。不是吗？”

已经不爱了，一点都不爱了。

已经不爱了，一点都不爱了。

谁？我吗？不爱你了？为什么？为什么要说那种话？

“女人都理所当然地想给丈夫生孩子，这不是一件值得特别欣喜的事。还是说，她背着我对你们说过些什么？她说想要孩子了？她说了吗？”

“别问我，幸夫，你问错人了。你们俩一起生活多少年了？这么多年来每天看着小夏的人是谁？谁是她的丈夫？不是我们，是幸夫你。我们怎么会知道这些？”

“满口我们我们的，你们是谁啊?！你到底和我妻子有什么关系？”从我的嘴里说出了这样毫无意义的话。

阳一忽然站了起来。我感受到了他的腾腾杀气，慌忙缩起肩膀，两手护着头。阳一俯视着我低吼道：“你在谁面前说话呢？这可是我和小雪的家！”

我感到非常难为情，放下捂着头的双手，说：“对啊，是爱巢。现在也是。”我说着对镝木老师使了个戏谑的眼色。她的眼睛不知道在看哪里，眼神空洞，像木偶一般一动不动。

唧唧唧……一个低低的声音传来。叮叮叮……音乐盒里的声音响起，九点准时报时的小人随即跳了出来。

阳一深深叹了一口气，重新坐下。刚才还活蹦乱跳的小灯看了看我，又把脸埋在了父亲怀里。真平则低头看着膝盖，默默嘟着什么。报完时，小人又回到了钟表里面。火锅里的水位下降，房间里只剩汤汁咕嘟咕嘟煮着的声音。

“感觉好怪，今天我就先回去了，好像喝多了。”我说着站了起来。

你在说一切都是酒的错吗？

不知是谁的声音在我脑海中响起。烦死了，闭嘴吧，头疼。

我为没有收拾桌上的东西就要回去而向他们道歉，拖着踉跄的步伐努力从玄关走了出去。走到楼道时，阳一从后面追上我，半强迫地把我塞到车里，然后开车把我送到了车站。

在去车站交通环岛的路上，二十多分钟我几乎没有说话，我知道阳一是生着气来追我的，他不是来听我道歉的，只是不理解我为什么要酒疯。他看起来很心痛，也很担心我，应该是觉得我今天心情不好，所以想把我送到车站吧。我又不是傻瓜，怎么可能察觉不到。

这些我都知道，但还是顶撞了他，把对他而言非常重要的东西弄得乱七八糟。我大声说下周二来不了了，别以为我来是件理所当然的事。让那个丑女人照顾孩子们吧，嘴上说“是我和小雪的家”，却还带别的女人来！哼，一定是和那个女人睡过了。阳一就像被眼前的红布撩拨的公牛一样愤怒。单纯，真单纯。

没有比你更傻的人了。

那个声音又传入脑海。

真烦人！我知道，我可不想被你这么说。头疼。快吐出来了。我从车里跳了出去，阳一没有再来追我。

想吐却吐不出来，又不想回家。我在涩谷站下了车，打了一辆出租车，去了之前经常去的一家店。

店里的人一如往常般亲切地迎接我这个好久没有光顾的常客。我口不择言，说起那些谣言，胡乱批评，说别人的坏话，开色情玩笑，言语极其恶毒，完全没有努力把话讲得简单明了，就当面前的听众们不存在。我极尽所能表达，在气势上完全压倒他们。各种杂七杂八的人都凑到我面前，装作无所不知，看起来都对物质有很强的欲望，不管男女都散发着一股臭味。我终于感觉得到了释放。我想，这种场所才适合我，在大宫家的那些日子里我都是装的。胃里天翻地覆，我又灌了些黄色的酒和白色的酒下去，然后在厕所里花了很长时间把它们都吐出来。喉咙深处吐出来的什锦火锅里的黄色银杏翻滚着沾到了马桶内壁上，在水面的呕吐物上画了一个很大的弧形，最后还是沉了下去。全身和胃一起失去了力气，坐在马桶上都已经筋疲力尽，只好靠着墙坐在呕吐物飞溅的地板上。拿出裤子后袋里的手机一看，里面有两条未读信息，是大宫真平发来的。我心里的某个地方又开始泛酸了。“啊，真平，今天吃到一半我就走了，真对不起。我已经决定不去你家了。我和你爸爸说了很多，最后他说我不用去了。本来我和你爸爸就不太能处得来，我就知道早晚会有这一天，我倒不是很惊讶。你快考试了，一定会很辛苦，别太逞强。那就这样吧，照顾好自己。有机会我们再见面吧。”

如需保存该留言请按 1，继续编辑请按 2，重听请按 3……

我按了 3，重新听了一遍这通电话留言，觉得说得很过分，最后按下了 1。

留言已保存。感谢您的使用。

我才应该说谢谢。

凌晨三点半，仍无法平静下来，这样下去可不行，于是我给福永千寻打了三通电话。第三通电话铃声响到第五声时她终于接起了电话，哭着说道：“先生你根本想象不到我有多自责。”

“我给你打电话是想向你道歉的。”我不得已撒了谎。

“你有这样的心情就够了，只要是真心的。”说完她挂断了电话。说实话，我终于松了一口气。她离开我后，我一次都没有想起过她。她的痛苦，光是想想就很可怕。我们之间的事给她的人生罩上了一层浓重的阴影，她不应该把我当成同伴，不应该原谅我。

从厕所出来，店里只剩一个男人坐在吧台，看上去四十岁左右，身形偏瘦，偶尔店里有现场演出的时候他会来演奏风琴。我只在很久之前跟他说过几句话，当时有流言说他是同性恋。我刚想拿杯水喝，突然又不想待下去了，于是准备去结账。收银台的服务员们去给别的客人结账了，等待的时间里他向我搭话。

“津村先生，前段时间我在电视上看见您了。”

“哦。”

“我哭了。怎么说呢，那两个孩子太耀眼了。”

“哦，是吗？”

“孩子是药啊，就连我看了都伤心。”

这时我才扭过头去看他。

拿着小票的服务员回来了，那个男人向服务员要了一杯水，然后继续道：“我一直觉得和那些耀眼的、精彩的事物毫无关系，觉得活着没有意义。”

“你这样想吗？”

“我不是在进行哲学批判，只是一个无路可走的人的偏执想法。”

不知道为什么，看着眼前这个不知是男是女的家伙温柔的瓜子脸，一种难以克制的情绪涌上了心头。喉咙深处热热的，痒痒的，很难受。

“我……在妻子死的时候，正在和别的女人做爱。”为什么突然说这种话？可是除了他之外大概没有其他倾诉的对象了。“太过分了，简直太过分了。为什么我们总是伤害最爱的人呢？对看到的征兆视而不见，扬起的手最终也放了下去，总是浪费机会。为什么误入歧途，把事情搞得一团糟？真是太讨厌了。看了书，赚了钱，却一点也没变聪明。我们要和这样的自己相处到什么时候呢？我已经厌倦了，真的已经厌倦了，本来也真的已经没有活下去的力气了。”

我突然剧烈地咳嗽了起来，身体蜷缩着，好像气管里吸入了玻璃粉尘之类的东西。

那个男人没有和我说话，也没有碰我，只是静静地在一旁等待。待我终于不再咳嗽后，他抬起头来，把不知道什么时候端来的一杯水径直推到我面前，说：“有些话只能由误入歧途的人来说，有些人只能被这些话劝阻。有时候在狭窄的地方被这些话按住肩膀才得以迷途知返，会让人觉得也要在快要踏出那一步时做点什么。”他的手白皙细嫩，比女人的手还美。“津村先生……”

“嗯。”

“请写下来，你必须写下来。”

我咕咚咕咚地喝干杯子里的水，走出店门。不知道什么时候下起了雨，雨滴打在脖子后面很冷。我想起早上的天气预报说会有暴风雨，不对，已经是昨天早上了。二十四小时之前的现在，我正在大宫家被阳一叫去战战兢兢地烹饪鸡肉呢。令人悲伤的是，这好像离我很遥远，转瞬就会忘记。人生发生了一百八十度的变化，这一天太长了。我把所有的一切都吐了出去，身体像没了心脏一般冷且轻。暴风雨要来了。

无法想象的一天。

那个声音又传入脑海。

是啊，真的是无法想象的一天。

算了，回家吧，你不是有家吗？

是啊，该回家了。

孩子们的生活中没有了衣笠幸夫。

小灯已经会做很多家务活了，自从幸夫离开大宫家以后，小灯变得出奇坚强，哪怕一个人在家也很从容。然而在她第三次独自在家的夜晚，浴缸里的水溢了出来。她睡着了，水流到了楼下的人家，楼下的住户马上找上门来才把损失降到最小。但是五岁的孩子夜晚独自在家这件事在本地居民自治会成了待解决的问题，最后以真平周二不去上补习班、阳一周四想办法不去上班才收场。可是不能每周都休息或者早下班，于是阳一算着保育院放学的时间去接上小灯，带着她一起开着卡车去别的县再回来。那样的夜里，真平就一个人留在黑暗的家里。不过这种情况没有持续太久，离考试还有三个月的时候，真平除了周日去参加测试以外，其他时间都不去补习班了。

他们又回到了刚失去小雪后的生活。家里的顶梁柱倒塌之后，一家三口暂时互相帮助，努力自立，直到生活好转起来。零加一等于一，一减一等于零。虽然加一前和减一后都是零，但是零的颜色完全不同了。

无论多么艰难，真平都不打算放弃参加考试。只是别的考生在被父母和老师督促着趴在桌子上奋起直追的时候，真平却在照顾妹妹、做家务活，同时还要靠自己的努力提高成绩。他的十一岁一点也不平凡，而成绩也不出所料地描绘了一条下降的线。

妈妈死后，他心里唯一的一块小宝石——年幼的妹妹，如今也成了阻挡他前进的累赘。有时候兄妹共同分担家务，但还是会一团糟，无法像之前一样顺利进行。妹妹在身后追着喊哥哥，像难以应付的小姑子一般絮絮叨叨这也不对那也不对时，真平经常控制不住冲她大声吼叫。

真平有时会想，那天幸夫说的都是真心话吗？孩子就是风险，是危险的事情、吃亏的事情、受伤的事情？他觉得应该这样想：我不是孩子，孩子的范围里再也没有我。可是一旦开始这样想，学习就会被打断。真平深夜独自学习时会遇到各种各样的难关，以前不会做语文和社会习题时就把幸夫从起居室叫到房间，那时候的日子很开心。幸夫会说着“又来了”，看似好像还懂一点似的走进房间。不会做的题他从来不承认，而是通过查电脑或字典艰难地找出答案，说着说着就会偏离中心，说些没用的话，然后就开始闲谈。真平从不害怕反驳幸夫，甚至不害怕说狂妄的话。比起从家务活和照顾小灯的事中解放出来的轻松，真平心里更多感到的是被别人理解的那种温暖，是一种不同于亲生父母带给他的灿烂的自信。如果那段时间的相处都是假的，真平不知道他还能相信什么。真平恨幸夫抛弃了自己一家人，想尽快忘了他。学习上有问题的时候，他就会联系科学馆的镝木优子，而她总能亲切且明确地解决真平的问题。阳一没有告诉镝木优子幸夫再也不会来家里了。真平对镝木优子不反感，但也没有之前那么亲昵了，他对幸夫会回来还抱有一丝淡淡的期待。

十二月中旬的一个星期五，真平放学后到保育院接小灯，回家的路上去超市买了东西。才五点天就黑了。回到家后看到爸爸只穿着一条内裤睡在电热毯上，手里还握着一罐发泡酒。他的鼾声惊天动地，真平感到自己太阳穴的血管剧烈地跳动着。

爸爸本来说结束了三天的工作后七点钟回来，大概工作早早结束了吧。若是放在一年前，真平看到爸爸就会涌上某种感情。天黑了的时候，在家里看到爸爸巨大的身体，他有一种说不出的安心感。有时候爸爸会逗他们玩，而妈妈就训斥爸爸让孩子们睡吧，真平总会一直抵挡睡意，直到实在撑不住。

但是现在，看到爸爸因残酷的体力劳动而疲倦不堪的身体，真平只觉得丑陋。早早下班的话为什么不去保育院接小灯放学？睡什么啊，猴子！耳朵深处响起自己的声音。

大宫阳一那天晚上很晚才醒来，不，他醒来时已经是第二天星期六的凌晨了。在被窝里他突然听到微弱的电子音透过拉门从起居室传了进来，他听过这旋律，是电子游戏的声音。孩子们已经起来了，还是还没有入睡？他慌忙拿起闹钟看了一眼，离设置的起床闹铃还有一个小时。黑暗中身边的小灯发出了均匀的呼吸声，阳一冲着起居室的方向喊真平的名字，没有回应，于是他起床走了出去。

“你怎么回事？”阳一冲着坐在电视机前的儿子的背影喊道，屏幕上耀眼的光芒让他几乎无法睁开眼睛。

真平没有回头，只是说了一句“没什么”。

“别玩游戏了，赶紧睡觉。你经常玩游戏吗？”

“这就是在休息，玩完这局还要干活。”

“不是让你学习。该睡觉了，否则身体会坏掉的。”

真平转身抬头看着阳一。“为什么一回来就说这种话呢？

我也有自己的生活节奏。白天要上学，小灯太吵了没法学习。”

“哪有孩子这个时候还不睡觉？妈妈不是说过吗，睡觉就是孩子的工作，这样下去也学不好的。我困的时候开车有时候怎么都坚持不住，一下子就睡着了，然后……”

“为什么要说卡车呢？完全不是一回事。”真平轻轻叹了一口气，转向电视的方向自言自语道，“你来过过我过的日子再说。”

担心真平身体的阳一突然怒目圆睁，一把抢过真平手里的控制器，连同线一起拽断了。“你去补习班学到的就是这么对人说话吗？”

真平脸色苍白，突然站起来，做好攻击的姿势。“不就是这样吗？该睡的时候就睡，如果这样成绩就能提高，大家都不用辛苦了。没做过的题就不会做，不去补习班就会落下。谁要是能来替我，我就一直睡觉，可是没有人来替我啊，没有人！”

“你为什么要发火？大家都没有人替，说得好像只有自己吃亏似的。不是你小子自己想考的吗？要是这种态度那就放弃吧。”

“我就知道你会这么说，说到底你就是不在乎。不管我落榜也好，考上也好，都跟你没关系。反正不管我想做什么，你都从来没有关心过。”

阳一从一侧伸出手往下打去，真平敏捷地闪开了，没打中。第二个回合他从另一侧迅速打去，一下子打到了真平护在脸前的胳膊肘，发出一声钝响。阳一再次伸出右手挥动时，真平出其不意地放下胳膊，朝毫无防备的阳一脸上来了一拳。这回轮到阳一害怕了。

“打架只会招来疼痛，什么也改变不了。幸夫再也不会来了。”

之后二人比画了比画，那只打向脸的右手已经没有了力气，似乎泄了气。就在这时真平的眼泪如同滂沱大雨一般扑簌簌地流了下来。“不会好好说话，总是发火和打人。”真平说到一半就不说了，他已经没有那么生气了，“讨厌，最讨厌了。我不想变成这样，不想变成像爸爸一样的大人。”

“这就是你拼命学习想上好学校的原因吗？”

那之后，父子俩谁也没有再说话。拉门那侧，高亢的闹钟声响了起来，天马上就要亮了。真平回到自己的房间，随后比平时更早地出了门。

七天后，在一个同样黎明到来的前夜，大宫阳一被山梨县警方逮捕了。

被害人

询问笔录

被询问人姓名：田野原泰子

被询问人出生年月：昭和六十年五月二十六日

被询问人住址：山梨县某市户上町十番地 白色古城增渊
二〇二室

被询问人职业：风俗店从业者

被询问人于平成[1]某年十二月二十一日在鸣泽南医

---

①日本第125代天皇明仁在位期间使用的年号，始于1989年。

院供述如下：

一、本人是平成二十三年四月迁入目前住所的，独居，目前单身。在山梨县某市川北町三丁目四番地十七号玛鲁哈大楼五〇八室一家名为“上门服务·战事天堂”的派遣型风俗店上班，从事接客服务。因去酒店上门服务时被男客大官阳一踢中腹部和撞到头部而受伤，故就此详细说明。

二、从与该男子见面时说起。

平成某年十二月二十一日凌晨零点半，正在店内等待派活的我从店长那里接到一张订单，于是乘坐一辆白色面包车前往马蒂尔德酒店。

凌晨零点五十五分，我下车走向马蒂尔德酒店一一七号房间，敲门后屋内一名男子打开了门。通过他的体形和着装，我认为他是一名货车司机。马蒂尔德酒店附近有一个供长途货车司机休息的休息站，我曾在那家酒店接待过几位职业为货车司机的顾客。

我报上艺名“爱丽丝”，并向他确认是否预约了六十分钟的套餐，他说“是的”。随后我向他说明了流程，他说“没问题”，于是我同店里联络，汇报了上述内容。

闲谈之后泡澡，对聊的内容没有什么印象，大概由于头部受伤了。那天我在同一家酒店接待过三位客人，哪位客人说了什么我记不清了，只记得他说家在埼玉，因为我的表姐也住埼玉，我说起了过去曾和表姐在一个名叫长瀞的地方散步的事。我问他之后要去哪里，他说回家，看不出他有什么烦恼。他身体强壮，长相威严，但是说起话来让人感觉很温柔，没觉得他是奇怪的客人。

洗完澡之后进入正常的流程，感觉他很紧张。我问他“很久没玩了吗”，他回答“只在单身的时候玩过”。我说他真是爱妻子，之后他没有说话，于是我也没有再多问。

过了三十分钟后，我到了上面，这时客人突然要求：“掐我的脖子。”

我们不提供那种服务，所以我拒绝了他，但是他说不那样做就不爽快，又央求了我几次。我没做过那种事，说有点害怕。

他又提出要求：“那就用枕头蒙在我头上。”

实际上以前接客时有几次高潮的时候客人要掐我的脖子，我并不十分抵触这种行为，但被掐脖子时会觉得呼吸困难，完全感觉不到快感。实际上这是第一次客人要求我掐他脖子。我吃了一惊，不过后来想想可能是客人的特殊癖好，既然我做这一行，只要不伤害到自己，还是应该努力满足客人的需求，因此当时我觉得可以试着满足他，没打算向店里汇报。

“难受的时候要告诉我。”我说完之后，把枕头盖在他的脸上。如果是掐脖子还能看到客人的挣扎，但是盖枕头的话就看不到客人的表情，于是对自己正在做的事没有真实感。这时枕头下面的客人又要求：“用力。”

听到他的话，我慢慢地把自己的体重也加了上去。过程中，我按着枕头的左手被客人反压着，我听到了类似呻吟的声音，以为他有了快感，于是更努力地继续为他服务。突然咚的一下我受到了一股强烈的力量，身体飞了出去。我不知道发生了什么，直直看着天花板，站不起来。后来记忆就模糊了，只记得看到客人光着身子站了起来，多次大声问我的名字，我不知不觉说出了真名，在救护车抵达之前，他一直在喊我的名字，“泰子、泰子”。我记得他用毛巾帮我擦鼻子，上面沾着血。

三、我说一下接客前和高潮时客人的状态。

在我们的聊天内容中不仅没有“想死”“杀了我吧”这种话，也没有谈到类似的话题。在他提出让我掐脖子和蒙枕头的要求时，语气里也没有威胁，只说不那样做就不爽快。蒙着枕头到达高潮的时候，他也没有说“停下”“难受”之类的话。从我和客人的体形差来看，我觉得他没有特别痛苦。要是我认为他有想死的倾向，决不会做那种事。另外，我们完全没有发生真正的性行为，客人也没有这样要求过。

四、只有头部受伤是不幸中的万幸。受伤很麻烦，店里同意我休息四五天。虽然给店里造成了困扰，但是我不认为大官先生是故意伤害我。只是一想到我那样做可能会杀死他，就感到非常恐惧。虽然被踢了一脚不是什么好事，但是在我差点就致人死亡的情况下被迫停止是一件好事。虽然客人可能遭遇了很多事，但是希望他今后不要把别人卷入类似的事情中，珍惜生命，坚强地活下去。

我有说不出的隐情，才从事这项工作，父母并不知情。而且将来我还想做别的事，如果可以，不希望把事情闹大。总之今后如果再被要求做那种事，我一定不会再做了。

田野原泰子

以上由被害人口述，笔者记录，保证真实。已签名。

山梨县鸣泽警察局

司法警察 警部补 小城聪

日期同前

星期日的晚上，即使是不上班的人也会有一丝周末即将结束的忧郁。

麦香醇厚，享誉世界。只有真正的成年人才有资格享受的奢侈一刻。

伴随着这句旁白，画面中的津村启在歌剧团女明星面前喝着发泡酒，重重地点头称许。起居室里的电视机上正在播放这则广告，衣笠幸夫在往热气腾腾的速食碗装炒面里扑哧扑哧地挤蛋黄酱。拍这则广告已经是一年以前的事了，那时肤色还不错，发型也被拾掇得整整齐齐，宛若他人。现在起居室里东西凌乱四散有如垃圾堆，被灰尘覆盖的长毛地毯上，手机震动了起来。看到是不认识的号码，一开始幸夫不想接，但是从傍晚开始这已经是第三通了，幸夫有些担心地接了起来。

一位名叫喜多岛恒彦的律师受大宫阳一之托打来了电话，对慢吞吞接起电话的幸夫郑重地自报家门后，从头至尾讲述了事情的全过程。

“他说刚在两公里外的商场给孩子们买了圣诞礼物，接下来就出事了。”

“他鬼迷心窍了吗？”

“据说在过程中他突然有一种‘想要消失’的冲动。”

“什么意思？”

“他想着稍微品尝一下痛苦，这种心情可能就会消失了，当他觉得到达临界点时，突然脑子里闪现出人寿保险的数额，然后就觉得坚持不下去了。”

“真傻。”

“关于这一点，他嘱咐千万别告诉检察官。”

接着律师说出了打电话给幸夫的目的。“大宫先生希望能由你向孩子们转达他平安无事的消息，觉得如果让我这个陌生人去说，孩子们不会相信。”

“可是我该说到哪种程度呢？”

“这是个问题。”

“要是你会怎么说？”

“嗯，情况确实有点复杂，不过就算会说他们的爸爸内心迷茫，也一定不会说他打算去死。这对孩子们……而且他们已经失去了妈妈……”

“嗯，确实如此。”

“编故事，你肯定能行。”

“太离谱的话估计不行吧？”

“不，不需要离谱，找一个借口就行了。”

幸夫向律师提出要做大宫阳一的担保人，然后挂断电话，深呼吸了几下，颤抖着按下两个月没联系的真平的手机号码。这两个月里每次有事出门坐电车时，他都会有去大宫家的冲动。他为抛弃那家人而自责。每当想到真平有没有好好上补习班，小灯一个人在家怎么看门，阳一一个人……他就无法平静下来。再过一段时间，他就可以问心无愧地去大宫家了。他在等。可是随着时间的流逝，自己对于他们来说已经是陌生人的这种想法如同沉重的铅制枷锁缠住了脚。他目送着疾风中飞驰而去的电车，几度痛苦难耐。

一阵静默之后响起了嘟声。听到那声音，他就觉得不管怎样真平还在这个世界上继续生活着，随即心中一热。一声，两声，三声。已经睡了吗？嘟声越来越急促。不能心急，他还是个孩子，慢慢地接起来吧。四声，五声，六声。快接啊！

求你了，别挂断，再给我一次机会。求你了！电话接通了。

“真平，我是幸夫。好久没有联系，我得向你道歉……”

“幸夫，爸爸没有回来。”

真平的声音听起来很紧张，幸夫听到之后心都要碎了。

“本来应该昨天就回来的，打电话他也不接，这种事以前从来没发生过。”

“这样啊。真平，爸爸没事。没事的，别担心……”

还能赶上末班电车。幸夫一脚踢散遍地的纸稿和书，捡起扔在地上的裤子套上，冲出了家门。

幸夫在夜晚的街道上狂奔。他下定决心，一定要把阳一带回孩子们身边。不，是要把孩子们送回阳一身边。真平在电话里说：“我伤害了爸爸，对他说了过分的话。”

过分的话？那不是我的专利吗？你听着，什么都会过去的。如果那孩子因失败了一次得不到原谅而人生尽毁，我还怎么活下去？幸夫决定要赌上自己持续被原谅的人生，把真平送到阳一身边。幸好阳一还很硬朗，只要活着就有救，直到死亡将人们分离，人们都会想尽办法活下去的。是吧，夏子？

幸夫腿脚抽筋，呼吸困难，一个趔趄向前摔去，样子一点也不英姿飒爽。可就算心脏蹦出、肺部爆裂，他都要冲出黑夜。

“是镝木老师吗？我是衣笠，就是作家津村启。之前真是非常抱歉。”

“啊，啊，啊，啊，您好。”

镝木优子在天亮时分接到了幸夫打来的电话，问能不能让小灯寄宿在她家一晚。

“阳一在出差的时候出了点事，让别人受了伤。”

“哎，哎，哎，哎，真的吗？”

镝木优子欣然答应了，既没有详细询问发生了什么事，也没有说要和父母商量一下。该说她迟钝，还是说她有肚量呢？不管怎样，幸夫想，最后自己还是输给了她。

至于应该对孩子们说些什么，幸夫最终没能如喜多岛律师期待的那样发挥出编故事的能力，而是按镝木优子告诉他的那样转述给了孩子们，真平也认真听了。真平那么聪明，幸夫犹豫是否该告诉他全部真相，但最终还是没有勇气。把事实晒在阳光底下，得到满足的往往只有自己。真相只要抖出来，就没法再隐藏了。虽说撒了谎，但是日后再回头发现隐藏的真相，才能有未来。

幸夫和真平把小灯送到镝木优子家，在开往山梨县的下行列车上，真平缓缓地开口了。“幸夫。”

“嗯。”

“大巴事故发生以后，我曾经想过为什么遭遇事故的人不是爸爸，而是妈妈。”

说这话时，真平没有看幸夫，而是注视着窗外流动的山谷风景。衣笠幸夫知道现在是告诉他真相的时候了。

“你爸爸比任何人都这样希望。你没必要去想这个。事故发生后，你爸爸肯定想过几百次几千次，为什么死去的不是自己，然后一直内疚，可他仍旧拼命地握着方向盘，坚持到现在。你明白吗？”

真平眼睛眨都没眨地望向远方，从眼眶里无声地流下一行透明的泪水。

“但是呢，人的心啊，坚强也软弱，也会突然嘎巴一声断裂。即使是大人，即使是父母，即使非常珍爱你们，紧紧抱着都不够，也是这样的。你能理解吗？”

真平轻轻点了点头，一瞬间又流下了一行眼泪。幸夫拿出在换乘站站内商店买的一包冷冻蜜柑，取出一个剥开。车里空调很热，表皮外面的一层冰慢慢融化了。

“没事的，真平。大家活着的时候都会想很多，会想肮脏的事、说不出口的事。不是所有你的所想都能变成现实。我们啊，不可能让世界按我们所想去运行，所以不要再责怪自己了。但也不要轻易放弃爱自己的人，更不能鄙视和看不起，否则就会像我一样，人生中没有相爱的人。或许你会想怎么可能轻易就失去呢，但是啊，失去就是一瞬间的事。对吧？”

幸夫看着剥了皮之后的红色果肉，说道，“现在我已经明白了，你们一定要好好地紧握住。”

真平伸出手掌，幸夫掰下一半放在他手里。两个人把蜜柑全塞进了嘴里，脸颊鼓鼓地撑了起来，刺痛脑袋深处的冰凉和甘甜让他们说不出话来。两个人就此沉默。车厢里没有其他乘客，两个人的身体随着车厢一起晃动着。窗外一片深山，冬天干枯的森林景色在眼前流动。

午后在约定的车站咖啡馆里，喜多岛律师带来了同被害人的调解书。

“大宫先生真是一位老实人，非常稳重。”

幸夫之前在电话里听律师的声音像是专业演员在诗朗诵，眼前却是一个笑得满脸皱纹的慈眉善目之人，高兴地拿着幸夫给他的豆饼，两手端正地握着吃的样子仿佛一只天真的小猴子。幸夫按照昨晚律师在电话里的指示，就大宫阳一必须回归家庭的必要性通宵写了一封呈报书。

喜多岛律师戴着一副小小的老花镜，很快看完了呈报书，然后小声地说了一句“可以”，吸了吸鼻子后敏捷地站起身，说了句“我去趟检察厅”就消失不见了。

太阳快要下山的时候，幸夫的手机响了。诗朗诵般的声音说，检察官决定不拘留阳一，鉴于处理及时也不会起诉他。

“还以为今天不会出结果呢。多亏了你，阳一真走运。”

“不总是这样走运的。我以前看过电视上播出大宫先生在大巴事故遗属说明会上的行为，当时很震惊。”

“啊，那个呀，是的。”

“不是这个意思。实际上我以前接过一起类似的案子，是被告方的律师，当时原告方即被害人家属中有一个人自杀了，后来被告方谢罪，原告方获得补偿，我的工作结束，一切看似尘埃落定，但那件事成了我的心结。虽不是我的错，但无论如何努力都没有办法让他们振作起来，一想到这个就觉得自己的工作没有意义。所以这次接到这个案子的时候，我就想大概是轮回吧。过去已经无法改变了，但是还可以让活着的人好好活下去，包括我自己，活下去，坚强地活着，就会有机会轮到自己……还有，我女儿是你的粉丝，虽然她其貌不扬，也嫁不出去。当我拜读了呈报书后，我觉得她是对的，我当时感动得一塌糊涂。”

“怎么会！你不是让我不要抒发任何感慨吗？那是我熬了一个晚上费尽心思才写完的。我看到你的反应，觉得自己真是个三流作家，结结实实地受到了打击。”

“当时我差点就要哭了，但要真那样了你肯定会担心，马上就要出征的律师哭哭啼啼起来成何体统！”

警察局已经完全被夜色包围了。这一带非常寒冷，光是站着就觉得冷彻骨髓，幸夫和真平的脚底都失去了知觉。这时从灯火辉煌的大楼里走出两名身强体壮的男子，看起来就像反暴力组刑警带着新人出外勤了。真平疑惑着慢慢向前靠近，确定了那就是恢复自由之身的爸爸。

幸夫没有跟着真平上前。大宫阳一对着看似年轻的新入职刑警低头致意后走出大厅，看到儿子时完全怔住了。他又远远地看向幸夫，幸夫扬了扬下巴，催促他上前。

父子俩慢慢地缩短彼此的距离，两人之间弥漫着要决斗一般的紧迫感。幸夫突然觉得涌上来一股情绪，于是转过身背对着父子俩，抬起头看着正上方天空中挂着的新月。

随后，三个人一起走向繁华街区，真平在咖啡馆里等着，阳一和幸夫拜访了大楼里那家风月场所。爱丽丝头上包裹着网纹瓜网袋般的网状绷带，幸夫和阳一看到她后深深地低下了头。阳一想抬起头的时候被幸夫按着脖子压了下去，再次致歉。面黄肌瘦的店长似乎希望他们赶快离开。在走之前，爱丽丝递过两张名片，说着“欢迎下次再来”。下行电梯里只有他们两个人，幸夫突然用拿着名片的右手冲阳一挥去。阳一敏捷地躲开，拳头直接打到了电梯壁上。幸夫再次挥拳，这次阳一没有躲避，拳头掠过太阳穴，他紧张得呼吸急促起来。幸夫训斥阳一“这么做是不对的”，阳一马上抱住他连连说“对不起”。这是衣笠幸夫第一次打人，尽管姿势不怎么帅气。

阳一给公司打电话，社长狠狠训斥了他一顿后，让他顺便到甲府客户那里取货，明天一早回埼玉。

国道旁边的货车休息站很宽敞，大宫阳一的爱车一如既往地停在那里。虽然真平再三央求幸夫和他们一起出发，但是幸夫拒绝了，理由是附近有一家美女粉丝经营的温泉旅馆，他打算去那里玩三天。

货车发出一阵轰鸣后慢慢启程了。幸夫站在国道旁的人行道上对父子俩挥手，之后便朝反方向走去。

副驾驶席上的真平吹着冷风，一直看着幸夫的身影越来越小，他期待着幸夫再回一次头。

真平不是第一次坐爸爸开的货车，但上一次是很早之前的事了，他已经记不清是几岁。途中经停一家食品工厂的仓库，真平看着在那里干活的大人们和从放着几百箱货物的货架上往下搬货的爸爸时，隐隐约约觉得曾经来过这里。比起那时候，真平已经长大了，可为什么看到爸爸的身影却感觉比那时候还高大呢？他觉得很不可思议。

昏暗的田间小道上几乎没什么车，只有他们的货车装着沉重的货物发出的轰轰声响以及爸爸经常听的广播节目里传出的主持人的笑声。车内都是爸爸的味道，还有爸爸爱喝的咖啡散发的香气。

“坐着舒服吗？”

“偶尔坐坐不错。”

“我不知道会开到什么时候，我想辞掉这份工作。这种工作不能长久。”

“辞职之后做什么？”

“便利店的店长之类，去公司的路上有一家罗森便利店正在招聘。”

“你能行吗？”

“你也这么觉得？”

“不行的，你和那里一点都不搭。肯定不行。”

阳一不讨厌与人接触，现在做的工作总是一个人在路上，要是有人能说说话就好了。车外气温在零度以下，看起来很冷。车内空调开得很暖和，真平的眼皮越来越重，意识快要模糊了。

昨晚幸夫一直在安慰他，所以他就装作相信了的样子，但是一想到爸爸以后在监狱的日子，他就无法入眠。

“睡吧！”爸爸的声音坚实有力，反而让他睡不着了，于是他重新坐好，直直盯着车前灯照到的地方。真平暗暗发誓，就这样陪在爸爸身边，直到早上都绝对不睡着。

在车站里的饭馆吃了面条后，衣笠幸夫身体暖和了一些，然后就乘上了开往东京的列车。哪儿有什么美女粉丝经营的温泉旅馆！他一个人坐在车里，四周又冷又安静，看小说的时候困意袭来，倒在椅子上不小心睡过了头，直到终点站才被列车长叫醒，中途换乘特快列车的车票也作废了。无奈之下，他只好搭上了慢吞吞摇摇晃晃的普通列车。看完小说后打开手机，没有人联系他。渐渐地乘客越来越多，一个喝醉酒的人靠在他身上。车内就像过节般变得嘈杂起来，幸夫看到面前有站着的老年人，于是起身让座。列车朝东京方向行进。

现在父子俩走到哪里了呢？

对于大宫一家人，幸夫觉得过意不去。当他再次回来见到小灯、真平和阳一的时候，感到一种可怕的甜蜜。但甜蜜时光如果摄取过度，人生会被腐蚀，会后悔不该碰那些甜食。幸夫身边已经没有大人提醒他不碰甜食了，他也不会再因甜食导致牙痛而哭泣了。必须掌握一种把口袋里的甜食束之高阁的方法。

这种方法就是酒，是女人。自己真傻，幸夫想着，直直地迈进一家小酒馆。一直都是这样，都是这样，明明回家就好了，但是心里的某个地方却促使他在今天这个寒冷的日子里这么做。这里人们欢声笑语，女人温柔，酒好喝。店里最漂亮的女人平时从不拿正眼看幸夫，偏偏今天打烊后说要去他推荐的拉面店。才不是要吃什么拉面呢。幸夫被挽着胳膊向家走去，无意间触碰到了女人温暖柔软的胸部。

叮叮当，叮叮当。哎哎哎哎。心无定所，我的人生一身轻松。

万岁！万岁！万岁！两个人嬉笑着好像跳起舞来了。

到了公寓楼门口，幸夫把钥匙插入安全门锁孔的那一瞬间突然想到，咦？我真的成一个人了吗？他开始不安起来。

一个人。毋庸置疑，是一个人。

“……小纱，对不起。”

“怎么了？”

“我必须写。”

“什么？”

“我必须写，还是得写。”

“写什么？”

“嗯……就是我和我老婆的故事。”

“什么啊？”

“我会送你一本的。”

“不用了。”

“来，就亲一下。”

“不亲。”

幸夫站在门口向小纱挥手告别，小纱佯装咬牙切齿、砍脖子的动作给他看，然后转身离开。

深夜里的住宅区，能看到家家户户房间里装饰着的圣诞老人和麋鹿。明亮的灯光照亮了小纱的夜归路，叮叮当，叮叮当，铃儿响叮当。今天很开心——在拐弯的时候，她停下脚步回头望了望。衣笠幸夫已经转身准备进去了。小纱有点怀疑自己的眼睛，津村先生本来就是这样的人吗？远远望去，那个背影显然太孤寂了，让人忍不住想追过去确认。

目送一个消失的背影，对女人来说太没有尊严了。“坏家伙。”她说着拐了弯。

圣诞节快乐。

致妻小雪

你好吗？那边不冷吗？我这边很冷。去年已经很冷了，没想到今年更冷。

我出事之后，真平非常努力，过年也一直趴在桌子上学习，星期天也早早去上补习班，考试前会向老师请教不懂的地方，而且很认真地做家务活，接送小灯。有段时间他的成绩下滑了，寒假过后的模拟考试好像又提高了一些。一月底的时候，我去补习班接受了一次面谈，老师表扬了他，听那些平时也上补习班的孩子们说真平很努力，我很高兴。

最后考试没考过。他看起来很有信心，但是没有考上一直想去的学校。我觉得他好不容易一路努力，不如考考别的学校，但是他没有再考。果然很像小雪你啊，非常固执。

公布考试成绩那天，他说要自己去看，我同意了。但是我坐立不安，把幸夫叫了出来，我们两个人一前一后走着，在学校附近车站的交通环岛等着问真平结果。

回去的路上，我们三个人乘坐着平时真平一个人乘坐的公交车，从车窗向外望去，夕阳下的街道十分美丽，远远地能看见富士山的一个小尖儿。正是最冷的时节，白天慢慢地在变长。

真平很失落，但也很坚强，反倒是幸夫下了公交车后，在返程的路上呜呜地哭了。小夏死后，幸夫好像一次都没有哭过。“这种结果你相信吗？”幸夫自言自语道，然后又哭起来。那种事情大概是不能对别人敞开心扉的吧。小夏说幸夫和我们合不来，但我不这么想。后来我们三个人一起去保育院接小灯的时候，院长说“今天都来了呀”，看起来非常高兴。那天小灯好像能翻转上单杠了。虽然发生了难过的事，但同时世界上的某个角落也一定正在发生着开心的事。难得四个人都在，一起回了家。

真平尽力了，作为他的爸爸我感到很开心。也希望你以后多多表扬他。

阳一

二月七日

致妻夏子

你好吗？那边凉吗？我这里还很热。好烦。上周空调坏了，已经不能用了，我想着再忍耐一下就好，没想到每天晚上都热得难受，最后只能请空调安装工来了。真麻烦。

我写的关于你的那本书获得了地方报社主办的文学奖。是一个小奖，你肯定没听说过。评委F是我之前不太喜欢的一位作家，他大力称赞了一番那本书，言谈之间才发现就是一个普通的和蔼可亲的老爷爷。但是我并没有因此而喜欢上他的作品。就是这么回事吧。他好像住在我们家附近，离我之前去的那家耳鼻科医院不远，还邀请我去他家里做客。我去不去呢？

我用奖金在东京都内一家餐厅里办了一个小型聚会。我以为出版社的人期待能得更大的文学奖，大概我这样的是不行的，但是编辑桑名却说以后是地方文学奖的时代了，相比大文学奖，现在人们更愿意相信小文学奖。他好像很满意，真的。

当然大官一家也来了。真平穿着公立高中的校服，头发剃成了寸头。他说加入了学校的手球部，契机是借给他漫画书看的学长极力推荐他加入。“怎么不是天文部？”我问他。他说不是某中学的天文部就没有意义，这是什么歪理！那天小灯穿着可爱的蓝色连衣裙，去年头发还很短，今年就成了编得很美的长发，我恍惚间还以为看错了。她已经成了一个大姑娘，亭亭玉立的美女，像谁来着？我问她要不要玩伊吕波纸牌，她有点犹豫。今年年初我去他们家的时候，她明明还在大声喊着“老年人不自量力”“臭东西盖上盖”这些出人意料的句子。

阳一把镝木老师也带来了。在阳一出事之后，我很久都没再见到她。镝木老师看起来有些紧张，又好像完全不紧张，和之前见面的时候一样慢吞吞地红着脸向我点头致意。“您的大作非常精彩。”她说道。她说的是“大作”。

我以为没这么快，但是感觉她已经成为大官家的家庭成员了。你怎么看她？虽然我不是很了解小雪，但是只听别人讲，就觉得她和小雪有相似的地方。镝木老师虽然看起来内向又小心翼翼，却是心胸宽广的人，这样的她一定能毫不保留地爱护孩子们。一定没问题，就连我都能做到。我担心的是，她是我粉丝这件事。

真平好像是在训练结束后过来的，还发表了令人感动的精彩演讲。我真的很高兴。出版社的女孩哭得妆都花了，应该比看我的小说时哭得还厉害。岸本笑着说，把真平的演讲录在CD里随书一起卖，能多卖出三倍的量。

演讲的话题到此结束，那些净说好听话的大人的演讲就不说了吧。之后是精彩的音乐、好吃的食物、欢快的交谈，再然后就结束了。我想要一个不铺张的优雅的聚会，可是阳一说特意请了第二天的假，畅饮一番后开始跳起怪异的舞蹈，最后聚会一点都谈不上优雅，大家都笑得人仰马翻，餐厅里的女孩和编辑们都手舞足蹈地加入他们，镝木老师和小灯也和着曲子“一二、一二、一二，对，对，对”大声欢呼了起来，最后穿着校服的真平和阳一面对面扭来扭去，跳起了近似捉泥鳅的舞蹈，会场沸腾了起来。什么嘛，简直就是乡村聚会，我好不容易打造的优雅聚会变成了这样！下次有没有这样的机会还不知道，一切的一切都跟我想象中的不一样！

结果变成了这样，你也没想到吧？

我当时只看了一眼你没有发出去的信息，那之后经常会想起来。

已经不爱了，一点也不爱了。

可能我也是一样吧。

这种情况下该怎么办呢？怎么做会稍微好一些呢？也许应该和你分开，也许还有别的方法。不管怎样，活着的时候去努力是最重要的。时间是有限的，人是会后悔的动物，这些我应该都懂，却对身边最亲近的人缺乏诚意，这是怎么回事呢？

在应该爱的时候倦怠，为此会付出不小的代价，但又不能因此用爱别人来代替。同形形色色的人相遇、共生，能治疗失去带来的伤痛，使生活变忙碌，并获得新的希望和重生的力量，可是，要想痊愈，仅仅通过忙碌和欢笑是无法达成的。对你的歉疚和罪恶感会贯穿我接下来的人生吧。我在心里向你致歉，祈求你的原谅，可那些话你都听不到了。而且若你在那边指责我，抑或同情我，恐怕也无法传达到我这里了。人一旦死了，就什么都没了。我们两个人都只能回忆一起度过的那些时光了。

我有几次想去那边的。我说的“那边”听起来好像是你身边，但其实不是。总之就是，一有机会我就会想把自己粗鄙的头盔摘下收起来。然而，不给这边的人添一丁点麻烦去死太难了。死，就会给别人添麻烦，从客观上讲是这样，从对别人心情上的影响来讲也是这样。你们就是最好的例子。像你这样因为事故死亡的更是如此。真的，太麻烦了。

不说那些了，连尝试了自己独创的死亡方法的阳一，在我开玩笑说想死想听听他的意见时，他竟然忘记自己做过的事，对我说道：“你要是想死，我不会原谅你的。”人都是对自己宽松，对别人严格啊。他还说什么“我们大家都活得好好的，幸夫你也要活着”。

虽然现在说太迟了，但我很后悔，当初感冒的时候不该对你说那样的话。你让我去医院，我嫌你烦，说和你没关系，你还记得吧？其实我一直都认为，随我去吧，说不定什么时候就死掉了。我很后悔，我到底是因为什么和你在一起的呢？那之后你离家出走，一直到半夜，那时你在路上走着，心里在想什么呢？你一定会说不仅仅是那次，是吧？全都是些不着边际、说也说不完的托词，但是今后我肯定会想着对你说的那些话，对你的态度，然后背后渗着冷汗——就这样活下去，直到我死去。

死亡会给活着的人的人生投下阴影。死亡的过程越是痛苦，人们受的伤就越深，然后会渐渐陷入自责，丧失生的欲望，继而可能又会导致另一个生命的逝去。像我这样的家伙都会因此堕落，但是我却不希望真平和小灯经历这样的心路历程，那两个孩子已经失去了很多，然后又努力在克服。他们无法对我的死完全不在意，因为我们之间已经产生了感情的联系。

“因为活着，所以要活下去！”就这样简单吗？好像确实是。因为“那个人”的存在，所以不能堕落。因此对每个人来说，都必须有“那个人”，一想到“那个人”才会继续活下去。我已经深切地感受到了。没有别人，也就没有自己的人生。人生即他人。我也越来越觉得对我而言，逝去的你如今正渐渐地变成了“那个人”。是不是太迟了？

我打算写一本新的小说。我已经有了一个好的想法，是你绝对没有看过的小说，算上现在的这本是第二本。我有种类似不安的感觉，也有种类似解脱的感觉。不用再顾虑你，其实我可以写得更激烈一些，然而想到的却是青春小说。嘿，我究竟能不能写出来呢？总之我会努力试试的。你也请多保重。

幸夫

门打开一半的时候，理发店里的气氛凝固了。

是幸夫！

幸夫来了！

但衣笠夏子从前的下属们没有发出声音，只是互相用眼神交流着。

“津村先生，您过得好吗？”店长栗田琴江微笑着去迎他。

衣笠幸夫一反常态，吞吞吐吐地说起来这里的原因。

栗田琴江和店员们都拿出各自的手机，还有人拿出了数码相机，她们把一切有关衣笠夏子的照片都拿给幸夫看。有夏子在新年会还是忘年会的座位上，脸上冒着油光，手里拿着话筒的照片，有店员集体旅行时在温泉旅馆身穿夏季和服躺着的照片，还有在装修完毕重新开张的店前和大家一起喊“耶”的合照……每一张照片都像从电影中截取下来的画面，和那张美丽的遗照一点也不像，都是些得意忘形的姿态，幸夫拜托她们把这些照片都传给他。

栗田琴江替衣笠幸夫把头发修剪得整整齐齐，和夏子的手艺别无二致。“好像马斯楚安尼啊。”她开玩笑道。幸夫像少年一般红了脸。

终于把家里整理完毕。幸夫把夏子留下的衣服、小东西、化妆品或处理掉，或送人，或送到废物循环利用站。女人的东西真多。整理完后，家里变得空荡荡的，感觉敞开的窗户吹进来的风都比以前通畅了。幸夫把一直没打理的那张尺寸较大的遗照收了起来，从理发店店员提供的照片中选了一张，在照相馆冲洗出来，放在一个小相框里。幸夫对这张照片很满意，开心地笑了。若是别人看到了，肯定会纳闷为什么偏偏选了这张。夏子不是那种被别人称赞的美女，也不是完美的女人，这张照片上的夏子是幸夫熟知的那个妻子。

起居室里的书架中段最显眼的地方摆放着幸夫人生中第一张大概也是最后一张全家福。已经过去很久，想了很多之后，他还是拜托那家店外有紫薇树的照相馆老板多洗了一张照片。全家福的旁边放上夏子的照片后，不知从哪里传来的钢琴声乘着吹来的风飘进了他的耳朵。他记得夏子刚离去的那个晴朗的冬日里，在房间也听到了同样的曲子。可能是孩子在弹奏，也可能是大人，总之比那时候弹得娴熟多了。

“你以前会弹琴吧，这曲子是什么？”

他向妻子发问，可耳边并没有传来妻子的回答，只有融于风中的不知名的曲子轻快地在附近弥漫。衣笠幸夫第一次，不是为了别人，也不是因为懊悔，只是想着妻子，哭了。

图书在版编目（CIP）数据

永久的托词 /（日）西川美和著；连子心译 .-- 北京：北京十月文艺出版社，2018.9
ISBN 978-7-5302-1854-9

Ⅰ . ①永… Ⅱ . ①西…②连… Ⅲ . ①长篇小说－日本－现代 Ⅳ . ① I313.45

中国版本图书馆 CIP 数据核字（2018）第 166403 号

著作权合同登记号 图字：01–2018–4223

永久的托词
YONGJIU DE TUOCI
〔日〕西川美和 著
连子心 译

出　　版　北京出版集团公司
　　　　　北京十月文艺出版社
地　　址　北京北三环中路 6 号
邮　　编　100120
网　　址　www.bph.com.cn
发　　行　新经典发行有限公司
　　　　　电话 (010)68423599
经　　销　新华书店
印　　刷　山东鸿君杰文化发展有限公司
版　　次　2018 年 9 月第 1 版
　　　　　2018 年 9 月第 1 次印刷
开　　本　850 毫米 ×1092 毫米　1/32
印　　张　8.5
字　　数　153 千字
书　　号　ISBN 978-7-5302-1854-9
定　　价　49.50 元
质量监督电话　010–58572393
如有印装质量问题，由本社负责调换。